消される運命

マーシャ・ロリニカイテ
清水陽子 訳

新日本出版社

消される運命

登場人物

グラジーナ　孤児のための施設で働く保母
ユルギス　グラジーナのかつて親しかった同級生。父親が元市長
マリテ　グラジーナの親友。かつての同級生でありグラジーナの職場の同僚
アリギス　グラジーナとユルギスたちのかつての同級生
テクレ　グラジーナの職場の同僚・料理担当
ステパノス　テクレの夫
ツィポーラ　グラジーナのかつての同級生。ユダヤ人。赤ん坊の母親
ゲルシェレ　ツィポーラの弟
ヤドビガ　グラジーナの職場の先輩。夜勤勤務
カジス　グラジーナのかつての同級生。落第生
ビンツーカス　ツィポーラの赤ん坊につけられたリトアニア人の名前
リバ　ゲットーから派遣されたユダヤ人の家政婦

I

グラジーナはもう四日間、ママのベッドを離れなかった。医者に、治る見込みはないと言われている。それは、グラジーナにもわかる……。ママは呻《うめ》きもせず、文句も言わずに、目を閉じて横になっているが、額に皺《しわ》を寄せたり、まぶたをびくつかせたりして、苦しそうだ。何かしてほしいことがあるの、と聞いても、首を振る。だから、聞くのをやめ、黙って、ママの落ちくぼんだ頬《ほお》や、すっかり痩《や》せ細った手を見ていた。

眠っていると思ったのに、ママがふっと、か細い声で話し出した。

「朝になったら、神父さまを呼んできてね。ただ……中に入るとき、だれにも見られないように気をつけるのよ。新しい政権の『共産主義者』は、神さまを信じるのを禁じているから」

「気をつけるわ」

ママは深々とため息をついて、

「一人になると大変よ。とっても、大変。お嫁に行かせようと思っていたのよ、あのとき……」

と言って、黙った。グラジーナには、ママが寝入ったように思えた。でも、目を瞑《つむ》ったまま、ママはふっと聞いた。

「どうしてユルギスは来ないの?」

まあ、ママは何ということを言うのかしら。学校を卒業してからもう二年間も来ていないのに。それに、あの頃だって、宿題の個所《かしよ》に印をつけるのを忘れたとか、机の下で本を読んでいて先生の説明を聞かなかったからと用事があるときだけしか来なかった。ユルギスは、決してわからないとは言わなかった。市長の息子としてのプライドが許さなかったからだ。だから、グラジーナは自尊心を傷つけないように、書き写させてあげたり、それとなくわかるように助けて、難しい個所を説明してあげた。このことをだれにも、親友のマリテにも話さなかった。卒業してからは来ない。たまたま通りで会うと、どうしてるか、と聞かれるだけ。グラジーナは自分の《暮らし》をはっきり話さなかった。孤児のための施設で保母をしているなどとは言いたくなかった。

ああ、ママはなんてことを考えていたのかしら！　ママだって……今まで口に出しては言わなかったのに。

閉じたママの目から涙が流れ出した。

「病気のときだけではなく、困ったことがあったら、レビナス先生のところにいくのよ。いい人だから……」

さらに何かを言おうとしたけど、唇がかすかに動いただけだった。

「ママ、ママ！」

グラジーナはママの手を取り、冷たくなっていく指にキスをしていた。

グラジーナは葬儀後の追悼供養の会ではもう泣く元気もなく、テーブルについているマリテや近所のおばさんたちができるだけ長く家にいてくれますようにとだけ、願っていた。もっとたくさんママのことを話して。ママがどんなに思いやりのある人だったか、だれをどう助けてあげたか。おばさんたちはパパのことも、死ぬのが早すぎたわと同情していた。もし、あんなにひどく酔っ払って転んで頭を怪我《けが》しなかったら、もっと生きられたのにと。それでも、口の悪いマルツェリーナだけは、黙っていられずに、あの人はとっつきにくい人だったわと言った。そしてパパと仲良く暮らせたママをすごい人だと褒《ほ》めた。そう、すごかった。愚《ぐ》痴《ち》をこぼしたこともなかったし、パパに口答えしたこともなかった。ママはじっと我慢をして、とても忍耐強い人だった。身内だけではなく、みんなにも尊敬されていた。おばさんたちは、乾物屋のファイヴェリスが墓地で泣いていたのを思い出した。あの人はユダヤ人だけどいい人。町の向こうの外れから危険を冒して見送りに来てくれた。あの人は店を持っているから、金持ちとみなされてシベリア送りにされるかもしれないのに……。

でも、ユルギスは来なかった。葬式がいつかを知っていたのに、来なかった。

思い出話や話題が途切れがちになってきた。時々ため息混じりに、「神さま、彼女に永遠の平穏をお与えくださいˮとお祈りが囁《ささや》かれたが、そのうちに黙り込んで静かになった。そして、おばさんたちは次々と帰っていった。マリテだけが残り、テーブルを片づけ、食器を洗うのを手伝ってくれた。

その後マリテも帰り、グラジーナはだれもいない部屋に一人で残された。永遠に寝る人のいなくなったママのベッドが置かれている。薄暗がりに白く見えるこのベッドを見ている気力もなく、台所へと出た。そこには昔田舎から持ってきた大きな長持ち*があった。長持ちには、ソファーに見えるようにと、ママが手織りのカバーをかけ、その上にクロスステッチで刺繡《ししゅう》をしたクッションが二つ、置いてあった。村からウルシュレおばさんがお客にくると、グラジーナはおばさんに自分のソファー・ベッドを譲り、この長持ちに寝るのだった。

今、疲れて、同じように長持ちに体を横たえた。でも瞼《まぶた》を閉じると、たちまち墓地でのことを思い出した。棺桶《かんおけ》がゆっくりと墓穴に下ろされるのが見え、最初

＊長持ち
鍵のかかる大きな木製の衣装箱

の土くれが蓋《ふた》に落ちる鈍い音が聞こえた。グラジーナは眼《め》を開けて、台所の鍋の棚や、レンジやテーブルを見た。でも、瞼が自然に閉じてしまうと、また、四人の男が太い綱で棺桶を下ろすのが見えて、また、土くれが蓋に落ちる音がした。うとうととしていたらしい。ふっと、これは棺桶の蓋に落ちる土の音ではなく、だれかがドアをノックしている音のような気がした。もう、暗かった。耳を澄ました。コツコツとくりかえしている。また、聞こえた。いったいだれだろう？ だって裏口なんて使っていない。

また、叩《たた》いた。しつっこい。

グラジーナは長持ちから起きあがって、しびれた足でドアに近寄り、「だれ」と聞いた。

「僕だ。入れて」

「ユルギス⁉」

グラジーナは掛金をはずして、ドアを開けた。

「明かりをつけないで。外から見られないように」

ユルギスは自分で大急ぎで鍵をかけ、掛金を閉めた。

「どうしたの？」

「逃げてきた。奴《やつ》らがやってきたんだ。僕は窓から建て増し部分の屋根に飛び降り、そこからパイプ伝いに降りた」

グラジーナには、何を言っているのかさっぱりわからなかった。

「だれが来たの？」

「もちろんロシア兵さ。僕らをシベリア送り*にするためにだ。でも、僕は気づかれなかった。パパがぼくの部屋を覗《のぞ》いて、急げ、逃げろ！　と小声で言ったんだ。それで、飛び出した」

「で、お父さんとお母さんは？」

「トラックで連れ去られた。パパたちだけじゃなくて、トラックにはもう他の人たちも乗っていた。地下室の小窓から見えた」

「地下室から？」

なぜか聞きかえした。

＊シベリア送り
政治犯などを極寒のシベリア（ソ連・北アジア地域）に流刑した

「そうさ。地下室の錠前《じょうまえ》を外して一番暗い隅に隠れていた。昨日の夜と今日一日、そこにいた。こんな恰好《かっこう》じゃ外に出られやしない。でも、そこも危険だ。庭番に錠前が外れているのを気づかれるかもしれない」

そう言われてから、グラジーナはユルギスがパジャマ姿でふるえているのに気づいた。急いで長持ちからカバーを引きはがした。

「これにくるまって。今熱いお茶を用意するわ」

と言い、暗がりでコンロに火をつけた。

「それに、なにか食べさせてくれ。まる一日何も食べていない」

「そう、そうね、もちろん」

グラジーナは気がつかなくて、申し訳なかったと思った。

戸棚からパンやバターや追善供養で残ったソーセージの皿を取りだしながら、ママのことを思い出した。いや、いや、忘れていたわけではない！　ユルギスがやってきて、ほんのちょっと注意がそれていただけ。

「ここにいさせてくれ。家には帰れないんだ。また、奴らが連れに来るかもしれない」

「そうね、いいわよ。今、寝床を用意するわ」

と急いで台所を離れた。

ユルギスが、ちゃんと噛《か》まずにがつがつと食べているのを見たくなかった。だって以前には、時たまやって来た時、ママにテーブルに着くように勧められても一度も食べなかったのに。

自分のソファーにユルギスの寝床を用意した。丹念にクッションをふくらませ、ていねいにシーツの皺《しわ》を伸ばした。ユルギスがこの家に泊まるという事実に慣れようと、わざと時間を引き延ばした。自分は長持ちに腰掛けをぴったり寄せて寝ようと思った。

グラジーナはその通りにした。そして、二つ目のクッションを脇腹の下にあてがって、カバーにくるまった。でも寝つけずに、ずっとくりかえし思い出していた。

……神父さまを呼んできて、部屋に入ったときに、あまりにも重苦しい静寂にたじろいでなかなかベッドに近づけなかった。それでも、死んだ人の顎《あご》を縛らなければならないことを思い出して、ママのそばに近づく。

……ほら、棺桶の脇に立って、蠟《ろう》のように白いママの顔を見ていると、ママが唇を開いて、昨日言えなかったことを最後まで言おうとしているような気がした。

……棺桶が墓穴に下ろされる。土がかけられる。ママが、あの土の下に残された……。

突然、部屋で何かが軋《きし》んだ。ソファーだ。そこにはユルギスがいる。この先、どうなるのだろうと、不安になった。ユルギスは家には帰れない、捕まるかも知れないから。でも、どうして？　なぜ、お父さんたちは連行されたのだろうか。屋敷や店を持っている人たちは金持ちだから、財産を国に取り上げられ、シベリアに送られると、職場のみんなが話していた。でも、ユルギスのお父さんは金持ちではなかった。ただ、市長だった。お父さんが学校の卒業証書の授与式にやって来た時に、一度だけ見たことがある。校長先生は、市長の列席をとても喜んで、ユルギスに卒業証書を一番に渡した。でももう、あのすらりとした誇り高い人と奥さんはトラックの荷台で連れ去られた。シベリアに送られる。

ユルギスは家に帰れない……。ママは墓地……。

頭がごちゃごちゃになってきて、そのうちに、やっと、眠れた。

目が覚めた。だれかが見降ろして立っていた。ユルギスだ！　もう朝だった。

ユルギスが、

「ママがマットの下に鍵を隠したかもしれないから、仕事の前に家に行って、グレーのチェックのスーツ、シャツ、ハンカチ、靴を持ってきて」

と言った。

マットの下に鍵はなかった。でも、鍵がそこにあったとしても、部屋には入れなかった。ドアは封印されていたのだ。

これを聞くと、ユルギスはさらに不機嫌になった。パジャマ姿でいるのがいやなのだと思って、洋服ダンスからシーツにきちんと包んだパパの背広を取り出した。でも、ユルギスは不機嫌なままだった。

「家に上等な背広が四着あるというのに、なぜ、他人の古着なんだ？」

グラジーナは、古着ではなく、ほとんど新品で、パパは何回も着ていないし、ちょうどいいと言いたかったが、ユルギスがいらいらを募らせないように黙っていた。だって、今は、とても機嫌が悪い。

ユルギスをひとりで置いて出かけるのが悪いような気がした。それで、子どもたちのところに急がなくてはならないこと、ママが亡くなってから三日間、マリテがグラジーナのグループの子どもたちを見ていてくれることを説明した。

でも、子どもたちのところにいても、気が楽にはならなかった。子どもたちのおむつを替えたり、ご飯を食べさせたり、遊ばせていても、何度も何度も同じ情景が浮かんできた。……ママが胸の上で痩せた手を組んで棺桶の中に横たわっている……。埋葬係が棺桶に釘《くぎ》を打っている……。それを墓穴に下ろしている……。

赤毛のビルテが泣きだした。グラジーナは甘い水で湿らせた乳首を吸わせた。ビルテの小さな唇が動くのを見ていると、また、思いが墓地に戻っていった……。お墓に行って、十字架を抱いて、思いっきり泣きたい。でも、家ではユルギスが苦しんでいる……。

すると、また、不安になった、ユルギスはどこへ逃げるのだろう。家は封印されている。それに、外に出るのも危険だ。もしアリギスに出会ったら、クラスメートだったとはいえ、ユルギスをロシア兵に引き渡すだろう。アリギスは必ず引き渡すだろう。この間、アリギスはグラジーナをわざわざ呼びとめて、今は、行政機関で働いていて、金持ちの家や店を国有化して、リトアニアを地主や支配者のいない新しい労働者と農民の秩序に基づく国にする協議会を手伝っているのだと自慢していた。もし、ユルギスの両親が連行されたと知ったら……。まだ学校にいたころも、アリギスはユルギスを嫌っていたし、高慢な男だと思っていた。ユルギスは、確かに横柄《おうへい》、だけど、それだけのことはある。美男子だし、勉強ができるし、物知りだし、両親と一緒にパリの万国博覧会にも行ったのだから。結局、迷惑さえかけなければ、だれにでも自分がやりたいようにしていい権利があるはず。あたりまえのことだ。でも今のユルギスには難しい。両親は連行され、自分は隠れなければならず、裸同然で家から逃げ出さなければならなかったのだ。さらに、あまり認めたくはないが、ユルギスは昔からの友だちのところにではなく、グラジーナのところに逃げてきたことで、もっと辛いのかもしれない。こんな姿を友だちに見せたくなかったからだろう。でも、グラジーナにならいいと。と言うことは……グラジーナを身近な人だと思っているからかも……。とはいえ、今までユルギスは好きだというようなそぶりをしたことはなかった。ただ、中学校に在学中は、家に帰る方向が同じだったから。でも卒業後もユルギスは帰り道でグラジーナを待っていて、散歩に誘ったりした。だけど、自分の家の方へは連れて行かなかった。グラジーナとの散歩は、ユルギスに釣り合わないと、両親に反対されていたようだった。〈それでもユルギスが両親の言うことを聞かずにグラジーナを誘うのはグラジーナが好きだからだ〉とママはいい風に考えていたらしい。でも、それはちがう。ユルギスはそんなことをほのめかしたこともなかった。一度、郊外でキスを求められたことがあっただけ。でも、そのあとはまた、わざとらしいほど冷ややかだった。それに、一度も次に会う約束をしたことがなかった。いつも思いがけないときに姿を現した……。

それなのに、昨日、やってきた……。

夕方、ユルギスの気分をもっと損ねてしまったが、それでもパパのズボンをはいていた。

「他に仕様がないだろう……」

と、ユルギスは口をゆがめて笑った。

二人は黙って夕飯を食べた。

重苦しい沈黙に耐えきれずに、グラジーナは話しはじめた。

「わたし、この間アリギスに会ったわ。今、新政権で働いているんですって」

「知っているよ。みんなに自慢している、あの馬鹿」

するとまた、重苦しい沈黙が漂った。沈黙を破りたかったが、どうしていいかわからなかった。何を話していいかわからないまま、言った。

「ねえ、明日、ツェペリン*をつくりましょうか」

ユルギスは肩をすくめた。

「僕の立場じゃ、とやかく言えないさ」

「どうして、そうなの？　卑下しちゃいけないわ」

＊ツェペリン
リトアニアの伝統的な
ジャガイモ料理

「卑下してない。僕は侮辱されているんだ」

と、いきなりカッとなった。

「僕が、ドイツに逃げなければと、言ったのに！」

　何の話かわからなかった。

「逃げよう、って？　本当にそんなことを勧めたの？」

「家系にドイツ人がいる人は逃げられた」

「でも、まさか……。まさか、あんたはリトアニア人じゃないの、つまり、純粋のリトアニア人じゃないということ？」

「リトアニア人さ、僕は、リトアニア人だ。ママが思い出したんだけど、ママのひいおばあさんだかがドイツ人だったんだって。と言うことは、僕らは逃げることができたんだ。それなのに逃げなかった。パパは強情を張った。《私は人間であって、渡り鳥ではない。だから自分の民族と一緒に残る》とね。そう言って残った。その結果、どうなった？　愛すべき民族がパパを守ってくれたかい？　アリギスのような奴らの手で、白クマのいるシベリアに送られてしまったじゃないか」

ユルギスは黙った。グラジーナはほっとした。話しているとどんどん混乱して、怒りが募るだけだ。

でも、怒りはまだ鎮まっていなかった。グラジーナが彼のベッドの準備にかかった時に、また爆発した。

「自分の寝床をぼくに譲る必要はないよ。押しかけの客には長持ちで十分さ」

「あんたはお客じゃないわ」

と言ってから、それならなんだろうとちらっと考えた。

でもユルギスは自分でソファーから毛布、クッション、シーツを引きはがして、台所へと持って行った。そして、後ろ手にドアを閉めた。

グラジーナはまた、ユルギスがかわいそうになった。でも、どうすればいいのだろうか。

グラジーナは腰掛けて、だれも寝ていないママのベッドや、この間まで薬瓶のあった青い小さな戸棚を見ていた。やっと、眠くなったので、自分のソファー・

ベッドに横になった。

ほんのちょっとだけ眠ったらしい。突然、ユルギスが隣に寝ているのに気がついた！

さっと身を起こした。

「私が長持ちに寝るわ……。あそこでも大丈夫……。慣れているから……」

でも、ユルギスに引き寄せられた。

「寝てろよ。君を食べやしないよ」

グラジーナは壁際まで逃げた。壁にもぐり込みたかった。それでもユルギスは離れずに、グラジーナを触っていた。

「放して、お願い！」

「食べやしないって言っているじゃないか」

「どうでもいいから、放して」

「強情張るなよ」

と、キスをしようとした。

「ぼくは君が好きだ……。好きなんだよ。それに君だってぼくを……。なんて柔らかいんだろう……」

ユルギスの言葉や手の動きで、グラジーナは不思議なほど力が抜けてしまった。立ち上がって、出て行かなければと、わかっていた。でも、ユルギスは放してくれなかった。グラジーナはだんだん抵抗しなくなった……。

その後、ユルギスは寝入った。でも、グラジーナは眠れなかった。彼の眠りを乱さないように身体を動かさずに横になったままでいた。涙をやっとこらえていた。なんというふしだらなこと！　ママがお墓にいるのに、私ときたら……結婚もしていないのに……。でも、ユルギスは好きだと言った。ということは、結婚するということ。ユルギスの奥さんになるということ。聞こえないくらいにそっと声に出してみた、奥さんになる……。

グラジーナはそっとユルギスの肩に寄りかかった。たくましい肩。心がとても落ち着いて、いい気持ち……。

朝、まだうとうとしながら、すぐにすべてのことを思い出した！

ユルギスは隣にいなかった。台所で本を読んでいた。グラジーナのおはようという挨拶に、本から目を離さずに応えた。親しみを感じさせまいとするような雰囲気に、不安になった。でもこの不安を気づかれないように、目を合わさずに、大急ぎでベッドを片づけ、コンロに火をつけ、ジャガイモの皮をむき、火にかけ、テーブルを整えた。でも、これはユルギスのためだけで、グラジーナはすぐに仕事に出かける支度をはじめた。少しでも早く出かけて、子どもたちのところに行きたかった。子どもたちの世話で忙しくしていた方が楽だろう。

しかし、楽にはならなかった。その反対だった。グラジーナは、本を読んでいたユルギスの冷淡さが何を意味しているのかが、やっとわかった気がした。簡単に体を許したこと、朝、結婚式の話をする勇気がなかったことで、自分を責めた。とはいえ、結婚式が話題になったとしても、今は喪に服しているとき。でも、このことは話さなければならない。直接ではなく、遠まわしに、たとえば、これからどうするつもりか、と聞こう。だめだ、それを言ったら、出て行けとほのめかしていると思われるかもしれない。「重荷だったら、出て行くよ」と言うかもしれない。でも、ユルギスは重荷ではない。だから、出て行って欲しいとは思っていない。その反対だ。だから、追い出してはいけない。それにまだシベリアへの追放が続いている。料理担当のテクレが今朝泣き腫《は》らしてやってきて、聖堂の鐘突きをしている弟さんが連行されたと言っていた。

でも、ユルギスに結婚式のことをどう話せばいいの？　きっとニヤニヤして「神父さまを家に呼ぼうとでもいうのかい？」と言われるかもしれない。それもそうだ。神父さまを家に呼ぶのは結婚式のときじゃない……。

2

グラジーナはお母さんのお墓にひざまずき、まる一週間来なかったことを謝っていた。仕事が終わると、急いで家に帰り、ユルギスに食事をさせていたからだ。ユルギスがパジャマとスリッパだけの姿で家に来たことを話した。大きな過ちを犯したことも告白し、その後ユルギスがまるで何事もなかったかのように振舞っていたこと、昨日、やさしく《ユルギャーリス》と愛称で呼んだのに喜ばなかったことなど、辛いことを話した。そんなユルギスに結婚についてどう話し出せばいいのかしら、とたずねたりもした。

どこかでサイレンが鳴りだした。びくっと身体が震えた。また鳴った。ママに話をしているのにサイレンに邪魔され、いらいらしながら訓練の警報が終わるのを待った。近頃はしょっちゅう警報が鳴るので、腹立たしい限りだ。サイレンが鳴ったら一番近くのアパートの門の中に避難するように、訓練させられている。でも、ほとんどの人は守らずに、《呼び込み》*当番のそばを通り過ぎてしまう。

サイレンはまだ止《や》まない。それどころか、さらに長く鳴りつづけている。どこかで、ドシーンと強い音が響いた。ドキッとする。雷？　でも、空は晴れていて、一片の雲もない。また、ドシンと響いた。今度は何回も続いた。不安になってきた。素早く立ち上がると、十字を切って、急いで出口に向かった。

向こうからやってくる年配のおじさんは、なぜか、旅行鞄《かばん》を持っている。

おじさんは近くにくると

「娘さん、慌てないでだいじょうぶ。墓地には爆撃しないだろう」

と言った。

グラジーナにはわからなかった。

「爆撃？」

「戦争が始まった。ドイツ軍がソビエト政権を攻撃してきた」

＊《呼び込み》当番　警報が鳴った時に門の中に避難を呼びかける当番

「でも、私は……家に帰らなくては」

「気をつけて……」

おじさんは片手をあげると、先へと行った。

グラジーナは一瞬立ち止まったが、すぐに近くのアパートの門へと走り出した。門の中には不安に駆られた大勢の人々がいた。そこでみんなの話を聞いて、やっと少しずつわかってきた。教科書の中だけでしか知らない遠い国のドイツが、異国のソ連邦を攻撃しているという話ではなく、自分たちの頭の上をまさにそのドイツの飛行機が飛び交い、町に爆弾を落としているらしいのだった……。あの不気味な音を立てて落ちてくる爆弾が、今このアパートに落ちるかもしれないのだ。それに自分のアパートにも落ちるかも知れない。アパートにはユルギスがいる……。

飛行機がやっと飛び去ったので、家へと走り出した。心臓をどきどきさせながら角を曲がって、アパートが無事なのを見てから、歩いていった。

ユルギスは、これが訓練の警報ではないこと、雷でもなく、戦争が始まったのだと、わかったという。そして、なぜか、喜んでいた。

「これでやっとあの悪魔のような政治将校をやっつけられる！　残念だ、もう一週間早くドイツ軍が来てくれればよかったのに。ほんとうに残念だ。でも、もう、こんなところにいなくてもいいだろう」

グラジーナは《こんなところ》と言う言葉に引っかかったが、そんな素振りは見せなかった。

「あなたのご両親が家に帰れるといいわね」

「大丈夫だ、すぐに戻ってくるさ」

外で、奇妙な銃の発射音が聞こえた。窓に近寄って見ると、白い腕章をつけた三人の若者が通りの角から、ロシア兵を乗せて走ってくるトラックを撃っていた。

「慌てて逃げだしているぞ」

ユルギスが意地悪そうに喜んでいる。

「どうして、撃つのかしら？　逃げていくのに」

「構わないさ。奴らをシベリアに追放するためだ」

最後のトラックが行ってしまうと、興奮して撃っていた三人も走り去った。他の兵士を狙うのだろう。

通りには珍しくだれもいない。建物の影だけが舗装道路に映っている。

「もういい、隠れているのはうんざりだ。家に帰る」

と、ユルギスが言った。

グラジーナはびくっとした、ユルギスが行ってしまうなんて⁉

「だって、……外に出てはいけないんでしょ？」

「もう、大丈夫だ。ソ連軍があわてて逃げ出したから、なんでもできる」

「でも、だって……。あんたの家には封印が貼られているのよ」

グラジーナは藁《わら》にもすがりつきたい気持ちだった。

「それがどうした？　馬鹿ばかしいスタンプなんかはがして、自分の家に堂々と入るさ」

「じゃ、あのお……」

グラジーナはやっと心を決めて、「私はどうなるの？」と言った。

ユルギスには通じなかった。それとも……、はっとした。もしかしてわからないふりをしているのかも。

「僕は君に、当たり前だけど、君の手厚いもてなしにとても感謝をしている」

「もてなし?」

「……いつか、僕にできることがあったら、お返しをするつもりだ」

《お返しをする……。ということは、すべてが終わったということかしら……、すべてが終わり……》グラジーナは最後まで考えるのが怖かった。ユルギスがパパの靴を履《は》き、紐《ひも》を縛《しば》るのを見ていた。

「このズボンやワイシャツや上着、それに靴は近いうちに返す」

と言いながら、ユルギスはワイシャツをきちんと中に入れてズボンのベルトを締めた。

「本当にありがとう。君は親友のように僕をもてなしてくれた」

ユルギスは振り向かずにドアを閉めた。部屋の中にはしいんとした静けさだけが残った。

3

グラジーナは今では仕事の行き帰りに遠回りをする。ドイツ兵の自動車をずらっと止めてある大通りを通らないように、傲慢《ごうまん》で得意げなドイツ兵を見ないように。それに、夕方は急いで帰らない。もう急いで帰らなければならない人がいないからというだけではない。黄色い星*を胸や背中につけて車道の端を足を引きずって歩いているユダヤ人がいなくなってから、孤児院を出るようにしていた。虐《しいた》げられる運命を負った人たちがかわいそうだった。ユダヤ人は今やすべてが禁止されていた：黄色い星をつけずに家を出ること、歩道を歩くこと、（指定された小さな店以外の）店に入ること、夕方六時以後に外にいること。

かわいそうだと思っていることをだれにも話さなかったし、だれからも同情の

＊黄色い星
ユダヤ人だとわかるように、胸に黄色い星をつけさせた

言葉を聞いたこともなかった。マリテにも話そうとは思わない。肩をすくめて《あんたには他に心配事はないの?》と言われるだけかもしれない。マリテはユダヤ人が嫌いだ。まだ学生のころ、グラジーナがツィポーラと仲良くするのを嫌がっていた。ツィポーラが、カンニングのメモを渡してくれるのをことわるような《了見のせまい人間ではない》と認めながら、それでも《ユダヤ人は私たちとは違う》と繰り返し言っていた。

グラジーナもユダヤ人が自分たちと同じだとは思っていなかった。ただ、ツィポーラが好きだった。それに、他のクラスのユダヤ人のことも、乾物屋のファイヴェリスのことも悪く言ったことはないが、ユダヤ人は自分たちとはちがう人という漠然とした気持ちはあった。

あるとき、家を出て角を曲がったとき、二人のリトアニア人の兵士がユダヤの青年を激しく殴っているのを見た。青年が倒れると、二人は蹴り、立たせようとして髪の毛を引っ張り、そして、また殴った。結局、ふらふらの血だらけの青年を、どこかへと追い立てて行った。

驚いて唖然《あぜん》としながら仕事場に行き小部屋で着替えながら、我慢できずにマリテとテクレに話してしまった。二人とも、ユダヤ人の青年が捕えられてどこかに連れ去られるのを見たことがあるらしかった。マリテがフンと鼻をならして、言った。

「何も怖いことなんてないわ。あの人たちはいつまでも医者や弁護士ではいられないのよ。汚れ仕事の流儀を教えられているのよ」

「仕事に連れて行かれるんじゃないわ。刑務所よ」

と、テクレがため息をついた。

「刑務所？　なんで？」

グラジーナにはわからなかったし、信じられなかった。

テクレは答えない。黙って、まるでロザリオを手繰《たぐ》るように、ハンカチの端をいじくりまわしていた。

そして、やっと、話し出した。

「そこにもずっといるわけじゃないわ。夫のステパノスの同郷の人でね、ドイツ軍に入った人が言っていたんだけど、少しの間だけですって。ただ、今のところは、大勢のユダヤ人を集めるんですって」

「どうして……。大勢の人を?」

テクレには聞こえなかったらしい。

「夜、私たちの森に連れて来られて、そこで、銃殺されるのよ」

「どうして、そんなことを知っているの?」

マリテは呆然《ぼうぜん》とした。

「我が家のそばを連れて行かれるのよ。私たちがあの森のすぐそばに住んでいるの、知っているでしょ」

グラジーナはそれでも信じられなかった。

「でも、あんたが見たわけじゃないんでしょ? あんたが言ったこと」

「見てないわ……。初めて連れて行かれるのを見た時、驚いたの。どうして、夜に、森に、って。夫のステパノスもわからなかったわ。でも、その後、奇妙なパンパンという音が沢山聞こえると、ステパノスは、銃を撃っているらしいって言うの。外に出て聞いてみたらもっと疑いが濃くなったの。《あそこでユダヤ人が銃殺されている》って」

テクレは十字を切った。

「神さま、あの人たちはキリスト教徒ではないけれども、永遠な平穏をお与えください。アーメン」

グラジーナも十字を切ろうとしたが、手が動かなかった。

「子どもたちが目を覚ますわよ」

と、不意にマリテが出て行った。

でも、テクレは小声で続けた。

「それでも、私は信じられなかった。まさか……。だから、窓際に立って、連れ戻されるんじゃないかって待っていたの。でも、戻ってきたトラックには、兵士だけしか乗っていなかった。騒いでいた。きっと、酔っ払っていたんでしょうね、大声でガアガアしゃべっていた」

テクレは長い間黙っていた。

「朝、ステパノスが行ってみたの。生きている人はひとりも見えずに、鉄条網の柵があっただけ。こんな柵は前にはなかったのよ、これは新しい支配者のドイツ兵が森の真ん中を仕切ったのよ……。ステパノスはこの柵に近づかない方がよかったのに……」

テクレは小声で続けた。

「そこには穴があってね、五つの大きな深い穴が掘られていてね。一番端の穴の底に、かわいそうな人たちが横たわっていたって。上から土がばらまかれていただけで。でも、土が嘆いているように見えたって……」

テクレはまた、十字を切ると、「神さま、彼らに永遠な平穏を」と祈った。

「神さま」

と、グラジーナも十字を切りながら、呟《つぶや》いた。

「最初の夜も、その後も、家の窓のそばをさらに三回大勢の人たちが連れて行かれたわ。そして、三回とも同じ。森でユダヤ人を銃殺して、ガーガー歌いながら兵士は帰っていったわ」

宿直の乳母のヤドビガが「子どもたちが騒いでいるのに、ここで何をしているの?」と戸口から怒鳴りながら、「みんなは、向こうにいるのよ……」と入ってくると、驚いて、言葉を呑《の》んだ。

「何かあったの?」

「あったの。でも今じゃ、毎日起こっているわ」

テクレは辛そうに立ち上がり、出て行った。

グラジーナも立ち上がった。この時になってやっと、子どもたちが泣いているのが聞こえた。

4

不意に、ユルギスがやってきた。

ユルギスが出て行ってからしばらくの間、グラジーナは急いで家に帰り、夕食の支度をして、テーブルを整えて待っていた。階段に足音がしないだろうか、ドアをノックしないだろうかと、耳を澄ましていた。でも、時計の針がゆっくりと進んでも、ユルギスは来なかった。時計が十時を打ち、外出禁止の時間になってから、やっとお客用の食器を片づけ、冷めきった夕食を食べて、ベッドの支度にとりかかるのだった。

幾晩も待っていたが、もうユルギスは来ないのだと、諦めた。急いで家に帰るのをやめて、食事も用意しなくなった。

でも、ある日曜日に、お墓から帰るとすぐに、ユルギスが不意にやってきた。外は暑いのに、洒落《しゃれ》た服装でネクタイまでしめていた。銀のイニシャルのついた新しい鞄から、出て行ったときに着ていたパパのズボン、ワイシャツ、靴を取り出した。

「とても感謝している」

「どうということでもないわ」

「どうして？　君は親身にもてなしてくれた、僕は感謝している」

そう言って、鞄に留め金をかけた。

それ以上何も言わずにすぐ帰ろうとしているのに、驚いて、慌てて聞いた。

「今はどうしているの？」

質問されて満足そうだった。

「いいよ。最高さ。市役所で働いている。ぼくは今、権力側だ。証明して見せようか。君のこのちっぽけなアパートから、街の中心のすてきな家具つきの大きなアパートに引っ越したいかい？」

グラジーナはドキッとした。彼の所に引っ越しておいでと言われたのかしら、結婚を申し込まれているのかしら！　と。

でも、別のことを話しているらしかった。

「間もなく、ユダヤ人の家が全部空く。どれでも選べるよ」

「どうして……、空くの？」

「簡単さ。ユダヤ人はゲットー*に入れられる」

「どこに？」

「ゲットーだ」

「それは何なの？」

ゲットーを知らないことが気に入らなかったようだ。

「旧市街の細い通りのいくつかを高い塀で囲んでつくった」

「それは、……刑務所？」

「似たようなものだ。ただちょっと大きい。街中のユダヤ人をそこに入れるから」

＊ゲットー
ユダヤ人隔離居住地

グラジーナはそれでも、わからなかった。

「街中の？　いったい、どうして……」

驚いて、何を聞いたらいいのかわからなかった。ユルギスが説明した。

「そこから出られるのは、仕事に行くときだけで、夕方には戻される。外をぶらつくのは禁止だ。全員、過酷な労働をしなければならない」

別人が話しているようだ。ユルギスの顔をしたどこか別の人だ。でも、ユルギスは明らかに満足そうに話し続けていた。

「厳しく人数をチェックして、仕事に行かせ、必ずゲットーへと戻す。一人ずつではなく、同じ場所で働いている人たち全員一緒にだ。もちろん厳しい規律で、隊列を組んで歩かなければならない」

そういわれても、グラジーナにはさっぱりわからなかった。

「街中のユダヤ人だったら、すごく多勢なのに、どうやって、五つや六つの通りに入りきるの？」

ユルギスは眉をしかめた。

「それは僕には関係ない。僕は、ゲットーの場所を選ぶときに、市長やドイツ軍司令部の次長に同伴しただけだ。ぼくが君に勧めているのは、そこから移る家族よりも空き家になった家の方がずっと多いから……」

「……移る家族って？」

「ゲットーになった通りに住んでいたカトリック教徒の家族を、ユダヤ人の空いたアパートに住まわせるのさ。でも、空き家の方が多いから、君にいい家を世話できるんだ」

「なんてことを！　要らないわ！」

「要らないって？　立派な家具つきの大きなアパートに奥様のように住めるんだよ。僕は、君におもてなしのお礼をしなくてはならないし」

また、おもてなしだなんて……。グラジーナは静かに言った。

「要りません……」

ユルギスは薄ら笑いをした。

「そうか。でも、それでも考えが変わったら来てくれ。ぼくの仕事部屋は、市役所の二十六号室だ」

と、ドアへと向かった。

　ユルギスがもう帰ってしまうと驚いて、グラジーナは、とっさに思い浮かんだことを口走ってしまった。

「それで……その人たちはいつ移されるの？」

「金曜日」と答え、振り向きもしないで「でも、このことはだれにもしゃべるなよ」と言った。

　グラジーナはユルギスがドアを閉めるのを見ていた。階下の入口の戸をパタンと閉める音を聞いていた。部屋は静かになった。だれもいない。テーブルには、洋服を包んできた新聞紙が広げてあった。ユルギスはこの品物を返すためにやってきた。ただ、品物を返すためだけに……。あの夜のことは忘れていた。それとも……。もしかして、忘れた振りをしていたのかもしれない。おもてなしのお礼をするつもりだと言っていたが、住んでいた人たちを追い出したアパートに引っ越しさせるのが、お礼だなんて。

やっとグラジーナは、ユルギスがユダヤ人のことを話していたのだとわかった。ユダヤ人を住んでいるアパートから追い出して、高い塀で囲んだいくつかの通りに押しこむのだ。グラジーナが、そんなところにみんなが入りきれないじゃないのと驚いたら、腹を立てた。

でも、なぜ……、なぜ……。グラジーナはふっとテクレの話を思い出した。それはユルギスとは関係がないの？

いや、ない！ そんなことはあり得ない！ ユルギスは、きっと、ほんとうに知らないと言おうとしていたのだろう。だってその……なんという場所だったか覚えていないが、その場所を決める時に、市長やドイツ軍の次長に同行しただけだと言っていた。それとも、ただグラジーナが聞いたことが不満だったのかも知れない。あの人は昔から細かいことを聞かれるのが嫌いだから。

何か他のことを考えなければならない。全く別なことを。ユルギスが返したワイシャツを今日洗おう。それにズボンにアイロンをかけて、靴は箱に戻しておこう。まだほとんど新しい。パパはあまり着ていない。ロシア人*がやって来た時に

＊ロシア人
ソ連（ソヴィエト連邦）の中心国ロシアの主要民族

買ったばかりなのだから。

あの時、みんなが何かを買わなくてはと店に殺到した。間もなく店は強制的に国営化され、ロシアには何もないから、主人が連れ去られた店の品物は全部ロシアに持って行かれる、という噂《うわさ》が広まっていた。実際、ロシア人将校の夫人たちはなんだか奇妙な服装で、頭には白や赤のベレーをかぶり、靴はみんな大体同じようなミルクコーヒー色だった。それに高いヒールの靴なのに、ストッキングではなくソックスをはいていた。

はじめパパは、間もなく国営化されるという話を信じなかった。どうして何回も言うんだとママに文句を言っていた。でも、新政権が、買い物にはパスポートを見せて、そこに記載された姓、住所や買ったものをある種の帳面に記入されるなどと、みんなを不安にする規律を制定したことを知ると、パパは、靴を買うようにとママに言ったのだ。残ったお金でママは他所《よそ》いきのブラウス用の絹の生地を買った。でも、それを縫う時間も、着る時間もなかった……。

あのとき、店から帰ったママはツィポーラに会ったと言った。夫と一緒で、夫の背広を買っていた。夫は美男子で、背が高く、ツィポーラはとても幸福そうで、輝いていたと言った。さらにママは気まり悪そうに、グラジーナは結婚しなかったの、ユルギスと仲が良かったじゃないのと、ツィポーラに言われたとつけ加えたのだった。

そう、みんなに二人は仲がいいと思われていた。グラジーナだってそう信じたかった。でもユルギスはそうは考えていなかったようだ。困ったことが起きるとグラジーナのところにきたことは事実だ。今日は、グラジーナのおもてなしに感謝をして、ユダヤ人を追い出したアパートを勧めた。

グラジーナは一瞬心臓が止まりそうになった。ツィポーラもユダヤ人だ！　と言うことは、彼女も……追い出される。それに両親も、弟のゲルシェレと夫も。ツィポーラは結婚したんだ。金曜日のことは何も知らないだろう。

グラジーナは飛び上がった。歩きながら室内履きを脱ぎ、サンダルに足を突っ込み、ドアへと駆け出そうとしたが、……立ち止まった。もしツィポーラにだれから聞いたのと尋ねられたらどうしようか。ユルギスがだれにも話すなと言っていた。それに、彼がまる一週間ここで暮らしていたことを言ってはいけないし……、ユルギスが、今はほとんど権力側で、つまりドイツ軍と一緒に働いているようなことを言っていたことをツィポーラに知らせることはできない。

戻って、腰掛けた。気持ちを整理しようとした。ユルギスは市役所に勤めているのだから、ドイツ軍で働いているわけではないかもしれない？　マリテは、ドイツ軍はリトアニアを独立させたと言いながら、実際は支配者のように振る舞っていると言っている。これは本当かもしれない。でも、ユルギスはドイツ将校を案内しただけだし、それに、ドイツ人とだけではなく、市長も一緒だった……。

だめだ、ツィポーラにどこで金曜日のことを知ったのかを話すわけにはいかない。

……ツィポーラは自然にわかるだろう。塀を建てている人たちを見るかも知れないし、聞こうとすれば、働いている人が口を滑らすかも知れない。こんなニュースは瞬く間に街中に広まるものだ。きっと、ツィポーラも両親ももう知っているだろう。

でも、もし知らないで最後になり、入りきれなくなったら、銃殺されてしまうかも?

ああ、どうしようか。ママが生きていたら……。

グラジーナはベッドの上に飾ってある両親の写真に目をあげた。びっくりした……。いや、気のせいではない。ママがにっこり笑ったのだ。昔、グラジーナがいいことをしたときのように。「行きなさい、行くのよ。ツィポーラに伝えなさい」と。

5

ツィポーラの家のドアは開いたけれども、チェーンがかかっていた。

「ごめんなさい」

ツィポーラはグラジーナを招き入れ、急いで鍵をかけた。

グラジーナはびっくりした、ツィポーラが妊娠している！　それに……ワンピースに黄色い星を縫いつけていた！　ユダヤ人がこのような星をつけなければならないことは知っていたが、ツィポーラがつけているとは、考えたこともなかった。その上、こんなにお腹《なか》が大きくなっていて、まるで別人みたい……。

そんなにジロジロ見るのは無作法だとやっと気がついて、挨拶した。

「こんにちは」

「こんにちは、どうぞ入って」

声までいやに静かだ。

台所には呆然としたツィポーラの両親と弟のゲルシェレが、なぜか一列に並んで立っていた。みんなが自分の包みを抱えていた。身の回りのものが入っているらしい。お父さんの荷物は大きくて、脇にやかんを縛り付けてあり、お母さんのは少し小さく、ゲルシェレのはとても小さかった。ゲルシェレはそれを小さな両手で抱えていた。四つ目の包みはツィポーラのらしく、床に置いてあった。

「強制連行に来たんだと思ったの」

ツィポーラが説明した。

グラジーナはうろたえた。

「ごめんなさい、驚かすつもりじゃなかったわ」

「今じゃ、驚くぐらい何でもないさ」

とお父さんが悲しそうにため息をついた。お母さんが心配そうに言った。

「グラジーナ、このアパートに入るのを見られなかった？」

「ええ、見られなかったわ」

「よかったわ！」

そしてまたくりかえした。

「よかった」

と。そして、お母さんはその後を続けようかどうしようかと伺うようにツィポーラをちらっと見たが、ツィポーラが黙っていたので、

「そうじゃないと、だれかに見られて、密告されたら……。あんたたちは私たちと付き合うことは禁じられているのよ」

と、言った。

《そんなこと知らなかった！》

と、グラジーナはもう少しで声に出しそうになった。

「グラジーナ、来てくれて、ありがとう」

お母さんが続けた。

「私たちやツィポーラの知り合いの中で、あなただけよ、私たちを同じ人間だと

思ってくれているのは」

「それはどういうこと……同じ人間って」

おそろしさのあまり、グラジーナは自分の声がほとんど聞こえなくなった。

「ドイツ軍がそんな警告をあちこちに貼ったのさ」

悲しそうにお父さんが言った。

「ユダヤ人と関係を持つ者は、ユダヤ人とみなす、と」

部屋はとても静かだった。グラジーナは突然ツィポーラたちがまったくの他人になったような気がした。本当に、自分がユダヤ人とみなされるのだろうか？ こんな星をつけさせられて、そして……最後まで考えるのはおそろしかった。

ツィポーラがグラジーナの動揺に気づいたようだ。

「パパはどうしてグラジーナを脅かすの？　ここに入るのをだれにも見られなかったのに。出る時はまず私が階段に出て、だれかいないかを調べるわ。アパートの出入り口なら大丈夫、落ち着いて出られるわ。このアパートは六軒だけど、他の五軒は、ユダヤ人じゃないから。だから、もう少し、ここにいて」

と言い、自分の部屋のドアを開けた。

「私の部屋に行きましょう」

と、グラジーナを誘った。

ツィポーラの部屋もなんだか別の部屋のようだった。ベッドがなくなり、背もたれのない広い長椅子があった。鏡つきの戸棚はなかったが、窓際に、一緒に卒業試験の勉強をした机はあった。

(もう、どれほど前のことだろう!)

スタンドの緑色の笠《かさ》は以前と同じだが、以前はスタンドの下に結婚式の写真はなかった。ツィポーラは長い白いドレスに華やかなヴェール姿、花婿は美男子で、背が高い。二人とも微笑《ほほえ》んでいる。

「ヤーシャが連行されたの」

グラジーナが写真を見ているのに気づいて、ツィポーラがため息をついた。

「間もなく三週間になるのに、どこにいるかわからないの」

ツィポーラは一本の指で写真の彼をそっと撫《な》でた。

「通りで捕まえられたの。《男狩り》で」

と、また写真を撫でた。

「もう、初めてではなかったらしいけど、《男狩り》があるなんて知らなかった……。知っていたら、家から出さなかったのに」

「そんなこと予測できないわ」

グラジーナは慰めようとしたが、ツィポーラには聞こえていないらしい。

「捕まった人はみんな刑務所に入れられるんですって。逮捕者をたくさん集めてから、どこかの収容所に送られるのよ」

グラジーナは、「収容所じゃないわ!」と口をすべらせないように唇をぎゅっと閉じた。

「はじめのころ、毎朝刑務所へ行ってね、門の傍に立って、待っていたの。ヤーシャが連れ出されるかもしれないと……」

中庭で男性の声がした。グラジーナは身ぶるいした。ドイツ兵? ここにいるのが見つかったら……。

「大丈夫よ。あれはここの庭番が隣組の人たちと言い争っているの」

それでも、窓を覗《のぞ》いた。

「ママはあの人にしょっちゅう何かをあげているわ、パパのワイシャツとか、奥さんには自分のワンピースとかを。ならず者がやってきたときに、ここにはユダヤ人はいませんと言ってもらうために。でも素面《しらふ》の時に約束しても、酔っ払うと、自分からやつらを呼んでやる、って脅すのよ」

少し黙ってから、また続けた。

「待っていたの。ヤーシャが連れて行かれる時、私も一緒にその収容所に連れて行ってと頼もうと決めて。でも、だめだったら、せめて下着でも渡そうと。ほら、用意してあるのよ」

と、隅に置いてある衣類がぎっしりと詰め込まれているらしい旅行鞄を指した。

中庭の騒ぎは収まったが、グラジーナは少しでも早く帰りたかった。そうだ、金曜日にゲットーに連れて行かれると伝えるために来たのだと思い出したが、なかなかツィポーラの話を遮《さえぎ》れなかった。

「……何日待ってもだれも連れ出されなかった。その反対に先週の火曜日には新しい人たちが連れて来られた。大勢で、百人位、もっと多かったかも。また、《男狩り》があったらしいわ。私は、端を歩いていた人に、ヤーシャに旅行鞄を渡してとこっそり頼もうとしたら、護送兵に強く突き飛ばされて、柱にぶつかりそうになったわ。そしたら、もう一人の兵士が素早く肩からライフル銃を下ろしたの……。それを見ながら一番大声で笑っていたのがだれか、わかる？　カジスよ！　いちばんうしろの席にいた落第生のカジスよ、覚えている？　あの人、ドイツ軍の制服を着て、ライフル銃を持っていたわ。私を見て、喜んで、『おい、優等生！　なんだ、旦那が心配なのか？　心配するな、おまえらの順番ももうすぐだから！』って言っていた。もっと何やら怒鳴っていたけど、聞かずに、逃げ出したわ。さっきライフル銃を下ろした護送兵がいつの間にか、ライフル銃を構えていたの……」

グラジーナは恐ろしい想像にはっとした。もしかしてユルギスも、ドイツ軍の制服を着ているかもしれない……。命令されているかもしれない。だって市の全ての公共機関が全部ドイツ軍の指揮下に置かれているらしいのだから。

グラジーナはツィポーラの話をちゃんと聞こうとした。

「……もう、刑務所には行かない。パパやママが心配しないように。こんなふうにみんながずっとびくびくしているのは、うっかりあの時我慢できずに、カジスに脅かされたことをしゃべってしまったからなの。だから、あなたが呼び鈴を押したときも、みんなが自分の荷物を摑《つか》んだの」

「ビックリさせて、本当にごめんなさい」

「あんたが悪いんじゃないわ。恐《こわ》がらずに来てくれたこと、本当に感謝してるわ」

この言葉を聞くと、また恐怖が蘇《よみがえ》った。金曜日のことを早く話して帰らなくてはならない。でも、ツィポーラの方が先に話した。

「暮らしはどう？　お父さんとお母さんはお元気？」

「二人とも死んだわ」

グラジーナは悲しげに答えた。

「ご愁傷さま……」

「ありがとう」

「で……」

ツィポーラはもっと何を聞けばいいのかがわからなかった。

「クラスのだれかに会う？」

「マリテと一緒に働いているわ」

「ずっと孤児院？」

「ええ、あそこ」

「ユルギスとはまだ付き合っているの？」

答えないですむように、急いで話し出した。

「あなたたちが準備をしていてよかったわ……、あのう……ゲットーに連れて行かれるときの……」

「あんたもゲットーのことを聞いたの？」

「ええ……残念だけど……」

「本当みたいね。でも、信じたくなかった。ゲットーって、中世にあったものなんでしょ？」

どこから知ったのかを聞かれるのが恐くて、先を急いだ。

「でも、そこには、全員は入れないから、最後にならないように気をつけて」

「どういうこと……気をつけるって？」

何か他のことに気を取られているようだった。

「わからないわ。金曜日にあるんですって」

「もう、金曜日に？」

グラジーナは頷《うなず》いた。

「ということは、私の赤ちゃんはゲットーで生まれるのね……」

悲しそうに、ツィポーラは自分自身に言い聞かせるように静かに言った。

グラジーナはツィポーラの、この侮辱的な黄色の星をどうしようもない気持ちで眺めていて、ふっと、ユルギスの警告を思い出した。

「このことはだれにも言わないで……」

「言わないわ。パパやママにも。せめて四日間だけでも、先のことを知らない方がいい」

それ以上グラジーナは何も言うことはなかった。

「ごめんなさい。もう、帰らなくては」

「そう、そうね。決まっているわ」

まだ物思いにふけりながら、ツィポーラは言った。

「来てくれて、ありがとう」

二人は台所に出た。ツィポーラの両親はもう腰掛けていたが、何故《なぜ》か椅子を壁際に一列に並べ、それぞれの足元に荷物を置いていた。

「グラジーナお姉ちゃん、ぼくとは遊んでくれないの？」

と小さなゲルシェレが聞いた。

「だめよ、お姉ちゃんは時間がないのよ。またこの次ね、坊や」

……この次……。

ツィポーラが階段を覗いて、だれもいないと合図したので、グラジーナは急いで下に駆け降りた。玄関ホールからも走り出て、見回した。出たところをだれかに見られなかったかと。そして、だれにも見られなかったのに、急いでアパートから遠ざかった。ツィポーラや両親から。あと四日間しか暮らせない家から。

やっと自分のアパートに入ると、十字架の前で十字を切り、ツィポーラたちに伝えられたと、神さまにお礼を言った。

6

ゲットーを迂回《うかい》しなければならないので、仕事場への行き帰りは、今までより時間がかかるようになった。はじめのころは、なじみの狭い通りを囲んだ高いレンガの壁が恐くて、そばを通るときは早足になった。でも、そのうちにその風景に慣れてしまい、あんなに大勢の人たちが、いったいどんなふうに中に押しこまれているのだろうと、同情してため息をついた。けれども、別のときにはゲットーにいる人たちのことを考えなかった。ツィポーラのことさえ思い出さず、頭は仕事のことでいっぱいだった。特別寒い冬なのに、孤児院では一週間にたった二回しかストーブを焚《た》けず、凍えて病気になる子どもが多かった。それに、グラジーナの家もとても寒かった。水は凍るとき熱を放出すると教わった物理の授業を思い出して、毎晩ベッドのそばに水を入れたバケツを二つ置いたが、朝方表面が氷で覆われていても、部屋は少しも暖かくならなかった。

あるとき、病気のダンテを残して帰れずに、いつもより遅くなり、ゲットーに戻るユダヤ人の隊列といっしょになった。朝早く仕事に連れ出され、夕方ゲットーに戻される人たちも見慣れてきて、そばを通ることがあっても、みんなの星のマークを見ないようにするだけになっていた。でも、この時は端を歩いていた老人がそっと声をかけて来た。

「娘や、パン切れを持っていないかい?」

この《娘や》で、はっとした。

「い、いいえ……」

「すみません」

老人が頭を下げた。ねだったことが恥ずかしかったらしい。

グラジーナは、本当に何も持っていないと釈明したかったが、出来なかった。だから、老人に侮辱したと思われないように、歩調を早めて先へは行かずに並んで歩いた。でも、近すぎてとてもきまりが悪かった。グラジーナは歩道を歩いていたが、一緒に歩いているようだった。先に見えるゲットーへの曲がり角まで、早く行ければいいと、焦ってしまった。

別れるとき老人がうなずいたようだった。グラジーナもうなずいた。そして、なぜか曲がり角に立ち止まり、最後の列が行ってしまうまで、見送っていた。

車道にはだれもいなくなった。歩道にもだれもいない。グラジーナはだれもいない暗い通りに立っていた。

老人に《娘や》と呼ばれた！　だれかに聞かれたら、老人の娘だと思われたかも知れない！　そっと見まわしたが、周囲にはだれもいなかった。急いでその場を離れた。

足を早め、走りだした……。それでも老人の《娘や》という呼びかけも一緒に走ってついてくるような気がした。階段を一段おきに登った。そして、自分の恐怖を家の中に入れないように、急いでドアを閉めた。

中に入りながら十字架を見上げ、コートもオーバーシューズも帽子もそのままで、跪《ひざまず》いた。飢えた人にパンをあげられなかったことをお許し下さいと、祈った。でも、本当に何も持っていなかった、何もなかったのですと。

一生懸命に許しを請うて、祈った。これからはいつもパンを持ち歩きますと、誓った。よくあることだが、パンがないときは、茹《ゆ》でたジャガイモを清潔な布に包んでいこう。地下室には、秋に村から持ってきたジャガイモがまだ袋に半分ある。

こう宣誓すると、少し気持ちが軽くなった。年配の人は、よく《娘や》とか《息子や》と若い人に向かって言うものだからと、自分を落ち着かせようとした。でもこれからはパンやジャガイモを持っていよう。そして、どんな人にでもこっそり渡そう。あの人たちはみんなお腹を空《す》かせている。

立ち上がると、きっちりと暗幕を引いた。コートを脱ぎ、ブラウスの上にママの古いジャケットを羽織った。ランプを灯《とも》した、もう三日間電気がつかない。それから台所に行くと、コンロにジャガイモを八つ入れた鍋をおいた。四つは自分用、四つは明日だれかにあげるためだ。

鍋が煮立つと、グラジーナは椅子をテーブルに引き寄せて腰掛け、静かにごとごとと煮える音を聞いていた。

そっとドアを叩《たた》く音がした。

耳を澄ました。

ノックがそっとくりかえされている。

恐くなった、もしかしてあのさっきの老人？　ここに住んでいることがどうしてわかったのかしら？　みんなと一緒にゲットーへと曲がったはず。車道にはだれも残らなかった。通りにはだれもいなかった。

素早くランプを吹き消した、家にいないと思ってくれればいい。

だが、ノックは続いていた。そして、女性のかすかな声が聞こえた。

「グラジーナ、お願い、開けて！」

呆然とした。知らない女性がどうして私の名前を知っているのだろうか？

もどかしそうにくりかえしている。

「グラジーナ、お願い！　私よ、ツィポーラ……」

ツィポーラですって？　ツィポーラはあの塀で囲まれたゲットーにいるはず。

「お願い、追い払わないで！　追い払わないでちょうだい！」

「待って……」

慌てていてなかなか鍵が回せない。

「待って……」

やっと開けると、ほんの少し開けたドアから無理やり入り込んできた。顔が見えない、目まで黒っぽいスカーフで隠している。女の人だ。

「ありがとう！　どうも、ありがとう、入れてくれて」

高ぶった声で言った。ツィポーラの声だった。

「脅かしてしまったわね？　ごめんなさい、でもここに入るところをだれにも見られなかったわ。それに、星もつけてないし。隊列のリーダーが前の方に行った時にむしり取って、通路になっている中庭に隠れたの。だれも私を追って来ないのを確かめてから来たわ。リトアニア人のように歩道をちゃんとした足取りで歩いてね。でも、歩道を歩くのは忘れそうなくらい、久しぶりだったわ」

そして、急に話を変えて、「だれか帰って来る?」と、聞いた。

「ううん、心配しないで」

「よかった。私すぐ帰るわ、外出禁止時間までにゲットーに戻らなくては。この近くの通りで他の作業班を待って、一緒に帰るわ」

グラジーナはまたランプをつけようとした。ツィポーラはずっと話している。

「ここにも電気が来ないの?」

「来るわ。ただ、しょっちゅう切られるの。私たちが窓をしっかりと遮蔽《しゃへい》しないからですって」

ランプの芯が燃え、少し炎を大きくすると、やっとツィポーラの方を向いた。

グラジーナは、ショックがばれないように、ぐっとこらえた。なんて痩せたんだろう!! 頰はくぼみ、頰骨《ほおぼね》がつき出ている。そして、目の輝きがなくなっていた。

あわてて視線を外した。

「コートを脱がないで。家は寒いから」

「ありがとう。私を入れてくれて、ほんとうにありがとう」

ツィポーラが黙った。もしかして、お腹がすいたから来たのかも知れないと思った。

「ごめんなさい、パンはないの。明日なら、木曜日と金曜日用の配給券でもらえるけど。私はお腹が空いて、一日に二日分食べてしまうことがあるの。でも、ジャガイモがあるわ！」

「そのために来たんじゃないの」

ツィポーラが静かに言った。

グラジーナは、石油コンロから鍋を取り、お湯を捨てて、湯気の立つおいしそうな匂いのジャガイモを皿に出した。

「食べて、ツィポーラ」

「ありがとう。あなたは？」

「これは明日用に煮たの。また後で煮るわ。まだあるから」

「一つ食べて、後はみんなに持って行ってもいい？」

グラジーナはうなずいた。声が震えそうで、話すのが怖かった。ツィポーラはジャガイモを一つ脇に置き、残りの七つをスカーフにきちんと一列に置いて巻くと、中からジャガイモが転げ落ちないように、端を大きなピンで留めた。

「ゲットーに何かを持ち込むことは禁じられているの。門のところで身体検査をされるのよ。でも、今のところはまだ首のまわりまで調べないから」

喜びを引き延ばしたいからだろうが、ツィポーラが、ジャガイモを少しずつ噛《か》んで食べるのを見ないように顔をそむけた。薬缶《やかん》に水を入れて火にかけた。

「あったかいのを飲んで、温まって」

「ありがとう、グラジーナ。でも、……そのために、来たんじゃないの。そう、私たちはとってもお腹を空かせているわ。とっても……」

ちょっと黙ってから、思い切ったように

「私の息子を助けて、私のオシックを！」

と言った。

グラジーナは呆然とした。

「私が？」

「私が、あの子を産んだの、ゲットーでの最初の夜に。ドイツ兵に気づかれなくてよかったわ。赤ん坊を産むことも禁じられているの……。でも、ね、私の息子はちゃんと育っているわ。一部屋に私たちとあと三家族が暮らしているんだけど、お隣の方が小児科医で、オシックの面倒を見てくれるの。みんながかわいがってくれる。かわいがらないわけにはいかないわ。とってもいい子で、お腹をすかせても小さな声でぐずるだけよ。かわいそうな子、なんでお腹をいっぱいにできるの？　私のお乳は、わかるでしょう……。それに、母乳の代わりになるものが何もないの。でも、あの子は生きなくては！」

ツィポーラは黙った。

「私たちは殺されるわ。みんな……。もうこれが最後の夜になるかもしれないと思うのはとても恐ろしいことよ。もう何回もあったんだけど、憎しみで凶暴になった兵隊がゲットーに押し入ってきて、銃の台尻で外に突き出すの、外にはもう同じように運に見放された人たちが集められていて……」

グラジーナは何と言っていいかわからずに、黙っていた。

「自分たちはもうすぐ死ぬんだといつも感じているのはとても辛いことよ。でも、もっと辛いのは、まったくやりきれないことだけど……、子どもも殺されるということ。そして、あいつら人でなしは、小さな子どもたちには銃弾も惜しむのよ。子どもを母親の手から奪い取って、棒で頭を打ち砕くの」

グラジーナは顔を手で覆った。ツィポーラは、話したことですっかり身体の力が抜けたらしい。やっと聞こえるくらいの声で頼んだ。

「お願い、私のオシックを助けて！」

「私が？　でも、どうやって？」

「あなたのところに来ようと決めるのがどんなにつらかったか、信じて。私たちは、自分たちを助けてとは頼まないし、あなたを大きな危険にさらす権利も持っていない。でも、子どもは……。朝早く、仕事に出かける時に、私がリュックに入れて連れ出すわ。きっとまだ暗いから、門の警備隊員には気づかれないわ。それに、だれかが手を貸してくれるし、隠してくれる。途中で忌まわしい星をはぎ取って、あなたの孤児院まで歩道を歩いて行く。孤児院の玄関にリュックを置いて、軽くドアをノックして、隠れるわ。それであなたは、偶然のように、出てきて、見つけて、中に連れて行って。オシックが風邪をひかないように、すぐに出てきてね」

　グラジーナは驚いて聞いていた。《できない》と言える状態ではなかった。

「お願い。断らないで！　私の家族全員の中で生きていくのはあの子だけ。私、あさって、連れてくるわ。先に延ばすのが恐いの、ドイツ兵はしょっちゅう忌《い》まわしい*《手入れ》をやるから。オシックを玄関に置いて、出入り口に隠れて、あんたが連れて入るのを見ているわ」

《できない》と断るのはもっと難しくなった。けれど、《わかった》とも言えなかった。でも、ツィポーラには、この気持ちが通じなかったようだ。

「ありがとう、グラジーナ。ほんとうにありがとう！　私がどんなに感謝しているか。あなたがあの子を救ってくれるんですもの。だってあの子は生きるのよ、そうでしょ？　私のことは気にしないでね。私のオシックが、私の太陽が生きていくんですもの、うれしくて、泣いているの。でも……、もっと……」

＊手入れ
ゲットーの住民を減らすために労働力のない人を連れ出した

もう、声が聞こえなくなった。

「大きくなったら、私たちのことを話してやって……」

ツィポーラは急いでスカーフを首に巻き付けると、片方の端で顔を覆った。

「神さまはあなたにご褒美を下さるわ」

ドアのところで振り返った。

「あそこで、森で、穴に追い立てられる時、私は最後の瞬間まで、あなたがオシックを助けてくれると信じているわ」

そう言って、急いで出て行った。

グラジーナは、閉められたドアの前に立っていた。《あなたがオシックを助けてくれる》というツィポーラの声がずっと聞こえていた。

ツィポーラの息子を引き取らなくてはならない。おむつをあて、温めて、ベビーベッドに寝かさなくては。でも……、その子はきっとツィポーラに似ているだろう。そしたら、グラジーナが偶然あの子を玄関で見つけたのではないとマリテにわかってしまうだろう。そして、みんなの危険を冒す権利はないと、マリテに非難されるだろう。ドイツ兵にとっては規則を破ったのはだれかなどということは関係ないのだ。規則を破られることがあってはいけないのだ。

とはいえ……、小さければまだだれにも似ていないかも知れない。

それでもやっぱり、ツィポーラを追いかけて赤ちゃんを連れてこないように言わなければいけない。でも、その場から動けずに、グラジーナは静かに燃えているランプの炎を見ていた。

もしかして、ツィポーラが子どもを連れて来ないかもしれない。リュックを背負ってゲットーから出られないかも知れない。それとも、途中で引きとめられるかも。

グラジーナは十字を切った。

「お許しください！　ツィポーラたちに不幸な運命を望んでいるのではありません。でも、おそろしいのです。とても、おそろしい」

7

グラジーナは自分の叫び声で目を覚ました。びっくりして起き上がった。隣にはだれもいない。自分がどこにいるか、おそるおそる見まわした。ママのベッドへ手を伸ばした。戸棚に触れた。時計のチクタクいう音に耳を澄ました。我が家の、自分の部屋にいる。恐い夢を見たらしい。夢を見ただけだったらしい。

裸足《はだし》で氷のような床に立っているのは寒かった。また、布団にもぐりこんだ。

すると、また蘇《よみがえ》ってきた……。

……ツィポーラがリュックを背負ってだれもいない道を歩いている。頭からすっぽりと長いマントに身を包んだ悪魔のような怪物が建物の陰に隠れながら、そっと後をつけているのを、ツィポーラは気づかない。

ツィポーラは玄関前のポーチに上がり、そっとリュックを下ろして、姿を隠す。

玄関にはだれもいない。雪の上に置かれたリュックが黒く見えるだけ。

グラジーナがドアを少し開けると、だれかにぎゅっと手を摑《つか》まれた。

「ひ弱な奴を憐《あわ》れむ気になったのか？」

「放して！　赤ちゃんが凍えてしまう！」

「哀れだからか？　お前のような奴がどうなるか、知らないのか？」

顔を覆っていたフードを取った。

「わかったか？」

「カジスなの？」

グラジーナは、捕まえたユダヤ人の男性を刑務所に追っていくカジスを見たというツィポーラの話を思い出した。

「おれだ！」

カジスが銃床でぐっと突いた。

「下に行くんだ！　悪魔の血を受け継いでいるこいつを持って」

グラジーナがリュックをギュッと抱きかかえると、中で赤ん坊が動いているのがわかった。

カジスに追われて、暗い知らない階段を下りて行くと、水浸しの地下室に出た。その水の中の丸太の間に、黄色い星をつけた人たちが自分のトランクや大きな包みに座っていた。丸太なんかがどうして地下室にあるんだろうと、驚いた。

「もう、お前は奴らと同じだ。このひ弱な奴を下に捨てて、それに座れ」

でも、グラジーナは赤ん坊をぎゅっと胸に押し付けた。

カジスはリュックを奪い取り、頭上にかかげ、力いっぱい丸太に叩きつけた……。


グラジーナは目を開けて横になったまま、これは夢、おそろしい夢だったのだと自分に言い聞かせていた。家にいるのだ。ほら、ママのベッド、あそこには机、戸棚。なじみの時計の音。落ち着くために、この時計の音を数えはじめた。でも、不安は消えなかった。時計が急に早く進みはじめたような気がした。まさか、早く朝になるように？
……ツィポーラが赤ん坊を連れて来る。で、この夢は予言かもしれない！　カジスでなくてもドイツ軍に身を売った奴らは大勢いる。そいつらが、ツィポーラが星をはぎ取り、列から離れて歩道を歩き、リュックを背負っているのを見ているかもしれない。だって、仕事に行くのにリュックを背負っている人などいない。こんなことは、多分禁止されているだろう。ツィポーラがだれのところに行くかを確かめるために、わざとすぐには捕まえないのだ。孤児院の玄関に置くのを見れば、当然のことながら、リュックに何が入っているかを察する。隠れて、だれが子どもを連れに出てくるか見張っている。そして、グラジーナがドアを開けたとたんに……。

考えるのを止めよう。こんなことを想像してはだめだ！　他のことを考えよう！　小さなステフテは夕方また熱が上がった。薬草を煎じなければならない。

8

角を曲がって、グラジーナは立ち止まった。遠くの玄関に大きな包みが黒く見えた。と言うことは、ほんとうにツィポーラが赤ん坊を連れてきたのだ……。グラジーナは方向を変えて逃げ出したかった。テクレかマリテが先に気づいてくれればいい。でも、あの人たちが来るのはもっと遅いだろう、今日はかなり早く来たのだから。ゆっくり、こわごわと孤児院に近づいて行った。昨夜の夢を思い出した。振り返って見た。だれもいない。通りの突き当たりまでだれもいない。それでも足取りはさらに遅くなった。でも、玄関の前に置かれた黒っぽい荷物がうっすらと雪に覆われているのに気づくと、思わず駆けあがった。赤ん坊が凍えてしまう。荷物を摑《つか》んで、きつく抱き抱えて、ドアを引っ張った。鍵がかかっていた。宿直のヤドビガがまだ開けていなかった。ポケットに手を突っ込んだ。でも、鍵は裏地にひっかかって、なかなか取り出せなかった。赤ん坊が凍えませんように、生きていますように！

やっとドアを開けて、素早く小部屋に隠れた。ヤドビガに見られなくてよかった。宿直の後は、いつも怒りっぽい。それでなくても、いつも赤ん坊を見捨てた母親の悪口をまくしたてる。

グラジーナは震える手でリュックの紐《ひも》をほどき、女性もののジャケットに包まれた赤ん坊を取り出した。テーブルに寝かせておむつを替えはじめた。ジャケットの下は薄い毛布にくるまれていたが、おむつは色あせた濡《ぬ》れたぼろきれだった。昔は色鮮やかだったのだろう。か細くて、寒さのために一層青くなっている身体の下からおむつを取り、スカーフをかけると、グラジーナはちっぽけな足や手を軽くマッサージし始めた。顔を息で温めた。

赤ん坊は眠っていた。

どうしたのだろう？　呼吸が弱いような気がした。台所に駆け込み、哺乳瓶に甘みを加えたお湯を入れ、乳首を取りつけた。ヤドビガに「どうして今日はこんなに早いの？」と聞かれたが、答えずに部屋に戻った。唇にくわえさせると、赤ん坊は目を瞑《つぶ》ったまま吸い始めた！　むせそうになりながら、ぐんぐん吸っている。グラジーナはどんどん減っていく哺乳瓶のお湯を見ていて、マリテが入ってきたのに気がつかなかった。

「また、捨て子？」

「玄関に男の赤ちゃんが置かれていたの」

「当然、ママは名前の書きつけも残してなかったんでしょうね」

ツィポーラはメモを残せない。息子の名前を残すこともできない。できるはずはないのだ！

テクレがやってきた。新入りを見て、いつものようにため息をついた。

「馬鹿な女の子たちは何を考えているのかしら？　男に甘い言葉をささやかれ、結婚を約束されると、すぐに信じてしまって。それで、不幸な赤ん坊が生まれて、自分たちは……。そんな子をだれが育ててくれるの？　かわいそうに、すごくお腹が空《す》いていたのね、全部飲んじゃったわ」

実際に哺乳瓶は空になり、赤ん坊は目を開けていた。でも、まだ眠そうで、目がくっつきそうだ。でも、開けた！　グラジーナは我慢できなかった！

「目をさましたわ！　よかった！」

「そんなに、珍しいことじゃないわ」

マリテがフンと鼻をならした。

「赤ん坊はよく眠ったら、目を覚ますものよ」

「なんて、かわいい子なんでしょう！」

テクレが頭を撫でた。

「目がサクランボみたいで、髪の毛が黒い。ジプシーの子かしら」

「髪の毛が黒いのはジプシーだけじゃないわ」

赤ん坊をちらっと見て、マリテが
「このサクランボの目や髪の毛が私たちに不幸を招かなければいいけど」

と、言った。

「こんな小さな子が不幸を招くはずがないわ」

とテクレが庇《かば》った。

「どこかの委員会がやってきて、こんな黒い髪の子を見たら……」

グラジーナは《黒い髪の子》といわれてドキッとした。マリテはきっとこの子をここに置いておくのは危険だと気づいているのだろう？

「……ドイツ兵はこんな子が好きではないわ」

「じゃ、あの人たちはだれが好きなの？　前髪を七三にわけてガアガア叫んでいる自分たち以外には」と、テクレは不平を言っていたが、それでも不安になって、

「じゃ、十字架を首にかけようか？」と言った。

「だめね……」

マリテはまた、フンと鼻を鳴らした。

「グラジーナはだれでも好きなのよ。十字架をつけた人も、つけない人もね」

「好きなのはいいことよ。いい人だってことだもの」

二人はグラジーナがここにいないように話していた。

「私たちで洗礼*を受けさせましょう。日曜日に教会に連れて行って、洗礼を受けるの。神さまがグラジーナにこの子を遣わされたのだから、洗礼の代母はグラジーナね。代父は私の夫のステパノスに……」

夢中でおしゃべりをしていて、子どもたちがお腹をすかせているのに気がつかなかった。

「怒らないようにヤドビガに言っておいて。私も行くから」

マリテはテクレに大きな声で言った。

ヤドビガが

「怒るも、怒らないも」

と文句を言いながら入ってきて、

「交代の時間に替わってくれたことは一度もないのね。また、捨て子？」

赤ん坊を見た。

「この子をどこにおくの？　ベッドなんてないわよ」

ヤドビガの不機嫌がわかったように、赤ん坊は顔をしかめて泣き出しそうにな

＊洗礼
キリスト教徒になるために教会でしてもらう儀式

った。

「きっと、なにも飲ませてないのね」

「さっき水だけあげたの。今、あげるわ」

「あら、この子はユダヤの子よ！」

ヤドビガは赤ん坊を見て憤慨した。

「割礼《かつれい》を受けているかも知れないわ」

「そんな……」

「どう見ても、ユダヤの子だわ。親族に返さなくては」

「だれに……親族って？」

グラジーナは絞り出すように言った。

「馬鹿なこと言わないでよ。ユダヤ人によ」

「でも、あの人たちはゲットーよ」

「それがどうしたの？　夕方、仕事から帰ってくるユダヤ人のだれかにこっそり渡しなさい、それで終わり。自分たちで世話をしてもらうのよ」

「でも、ユダヤ人は殺されるわ、子どもだって」

「じゃ、匿《かくま》った人たちはどうなるの？　あんたは、クリスマス・イヴにラトゥーシカ広場で縛り首にされた人たちを見なかったの？　まる一週間、《私はユダヤ人を匿いました》と書かれたボードを胸につけられた三人が絞首台に吊《つ》るされていたわ。私はこのユダヤの子のために吊るされたくないわ」

絞首刑にされるかもしれないと、グラジーナは恐ろしくなった。ツィポーラは赤ん坊を匿ってくれと頼んではいけなかったのだ。禁じられていることを知っていたのだから。でも、グラジーナも悪かった。すぐに断るべきだった。あるいは、ツィポーラが帰ったとき、追いかけて赤ん坊を連れて来ないように言うべきだった。

「もし、あんたが返さないなら」

コートを着ながらヤドビガは引かなかった。

「どこに……連れて行くの？」

「ゲットーの門に。自分たちの子どもをこっちに捨てるべきではないと言うわ。

今度私がここに来るのは明日の夕方。その時には、もうこの子はいないこと！」

グラジーナがおむつを取り替え、別の頭巾をかぶせると、赤ん坊は、また、眠りこんだ。髪の毛は帽子の下で見えない。眠っていれば、目の色も見えない……。それでもヤドビガは赤ん坊をここに置くのを許さなかった。

自分で返しに行くと、脅した。だれに返したらいいか知らないのに……。ということは、グラジーナが自分で行かなければならないのだろう。みすぼらしい布切れにくるんで、夕方、ユダヤ人が仕事から帰るころに街角に立って、歩いて来る隊列のなかにツィポーラを見つけて、孤児院に置くことはできないと説明しよう。

赤ん坊が顔をしかめた。返されるのが、わかったのだろうか。グラジーナは顔をちょっと撫でた。

《眠れ、眠りなさい。まだ、今日じゃないから。明日の夕方まではここよ》

呟きながら、グラジーナは自分でも驚いた。もし明日か、それともまだ今日のうちにドイツ兵が突然、ここにやってきたら？　ドイツ兵でなくても、カジスのような人が。

来るはずがないと自分を落ち着かせた。今まで一度も来たことがないのだから。

今日も無事に過ごせるだろう。

明日の夕方連れ出そう、ヤドビガがやってくる前に。

また、赤ん坊のお腹や足を撫でた。おむつを通して、グラジーナの手がわかったらしい。口をチュッ、チュッと鳴らしていた。

9

いつもより早く暗くなり始めたようだ。準備をしなくてはならなかった。

グラジーナは赤ん坊に薄めないミルクを沢山飲ませると、ゆっくりとおむつを取り替えはじめた。くるんでいたツィポーラのジャケットの上から、自分がコートの下に巻き付けていたママのスカーフで赤ん坊の頭や身体をすっぽりと包んだ。

マリテはこの支度に気づかない振りをしている。テクレは反対にそばを通ってはため息をついていた。グラジーナはしょっちゅう窓の外を見て、夕暮れがどんどん濃くなっていくのに驚きながら、もう出かけなければならないと思っていた。

マリテが暗幕を閉め、すっかり暗くなると、今度は、ツィポーラがゲットーに帰ってしまったかも知れないと、心配になり、素早くコートを羽織り、帽子をかぶり、赤ん坊を抱き抱えて走り出た。

マリテが後ろから叫んだ。

「ここに置いておけないのは、あんたが悪いわけではないのよ」

グラジーナはゲットーへの曲がり道まで、走って行った。着いてから、びっくりして立ち止まった。遅れたらしい！　車道の右にも左にもだれもいないし、歩道にも通行人が少し歩いているだけだった。

赤ん坊が動き出した。寒いのかもしれない。グラジーナはコートを開けて赤ん坊を包みこみ、スカーフの下からちょっとだけ見える鼻に息を吹きかけて温めた。

ようやく、車道の幅いっぱいに歩いてくる人たちが見えた。グラジーナはツィポーラを見つけようと遠くから目を凝らした。でも、男性だけのグループだった。

彼らは通り過ぎ、ゲットーへと曲がっていった。身体検査をされ、殴られるのを見ていて、あとからやってきた隊列をもう少しで見逃しそうになった。女性のグループだった。走って行き、少しでも早く赤ん坊を渡したかった。目を凝らして、一生懸命ツィポーラを探したが、いなかった。次の集団の中にもいなかった。

もっと前に通り過ぎてしまったのか？　間もなく、外出禁止の時間になる。

他の人にでも渡して、ツィポーラを探してくれるように頼まなければならない。また、隊列が近づいてきた。並んだ。結婚したツィポーラの姓を知らなかったということがちらっと頭をかすめたが、ツィポーラの両親に渡してもらうことにした。

グラジーナはおずおずと赤ん坊を差し出して、

「渡してください。どうぞ、ブリクマナイテの家族に」

と、言った。

話しかけられた女性は聞こえないふりをした。

次の人に差し出した。グラジーナは聞こえるように歩道から降りた。

「受け取ってください。母親に返してあげて。ツィポーラという名前です、ツィポーラ・ブリクマナイテです」

三人目に差し出した。

「この子を連れて行って、お願いです！」

「どうして？　殺されるのよ」

隣の人が情けなさそうに言った。でも、グラジーナはそれでも、赤ん坊を差し出した。

「私のところに置いておけないんです。許されないんです」

突然、姿を現した護送兵が叫んだ。

「なぜ星のマークをつけていないのか？」

その時になって、グラジーナは、自分が車道をみんなと並んで歩いていたのに気づいた。びっくりして、説明しようとした。

「私は星をつける必要はありません！　リトアニア人です！　カトリック教徒です！」

そして、歩道に戻ろうとした。だが、護送兵はそうはさせなかった。

絶望して、十字を切った。

「誓います、私はカトリック教徒です！　この子を母親に返してもらいたいのです」

「そんなことを、信じると思うのか！　お前らはみんなうそつきだ」

もっと何やら怒鳴っていたが、グラジーナは聞かずに歩道に飛びのり、かけだした。銃を撃たれても当たらないように、曲がりくねって走った。

角まで走り、次の角で、やっとだれもいないのに気づいて足取りを弱めた。

また、大きな隊列がやってきたが、もうそばに行って頼もうとは思わなかった。

グラジーナは自分が孤児院へと歩いているのに気づいて立ち止まった。孤児院はだめだ、おそらくもうヤドビガが来ているだろう。

どうしようか？　もし困ったことがあったらレビナス先生のところに行きなさいとママに言われた。でも、先生ももうきっとゲットーの中だろう。

赤ん坊をしっかりと抱き締めた。グラジーナは赤ん坊をゲットーには渡すまいと思った。

10

家で、グラジーナは赤ん坊に甘みを入れた水をたっぷり飲ませて、隣に寝かせた。でも、眠くならなかった。どうしようか？　職場に連れて行くことはできない。遅刻をして、ヤドビガが帰ってから行ったとしても、やはり、駄目だ。マリテはヤドビガと同じだ。また、赤ん坊を連れてゲットーの前の角に立っても……。他の護送兵はもっと悪い人かも知れない、ユダヤ人の隊列に無理やり入れられるか、逃亡者として銃で撃たれるか……。ツィポーラが息子を連れてくるべきではなかったのだ。こういう危険があることはわかっていたのに。

赤ん坊が泣き出した。泣いているのではなく、渡さないでと訴え、頼んでいるみたいだ……。

グラジーナはそっとさすってやった。

「お休み、坊や」

黙った。息をしていない？　屈《かが》みこんで、確かめた。

よかった、息をしている。かすかに聞こえる。時々、なんだか弱々しいため息をついている。

赤ん坊を起こさないようにそっと布団から脱け出し、コートを羽織り、台所に行った。コンロに火をつけ、少しお湯を温めて、それで甘みのあるパンの柔らかいところを浸してガーゼに包むと、部屋に戻って、この自家製の乳首をくわえさせた。赤ん坊は懸命に吸い出した。

何かをしていて忙しい間は考えなかったが、横になるとひとりでにいろいろな考えが湧き上がってきた。どうしようか？　孤児院には置けない、ヤドビガが自分で警察に届けてしまうだろう。そしたら、警官がやってきて赤ん坊を連れて行く。ツィポーラが言っていたように、小さい赤ん坊は……棒で頭を……。ほんとうに、隣に寝ているこんなちっぽけな頭を？　……考えるのもおそろしい……。

この子を連れて孤児院に戻ることはできない。マリテも反対するだろう。また、この子を連れて角に立つ？　……でも、ゲットーでは引き取ってくれず、護送兵にユダヤ人たちと一緒に駆り立てられるだろう。

ツィポーラに対する怒りがまた戻ってきた。でも、ツィポーラに腹を立ててはいけない……。あの人だって大変なんだから……。すごく大変なんだ……。

グラジーナは知らない間に眠っていたらしい。赤ん坊がぐずりだして目が覚めた。おむつが濡れているようだ。

風邪をひかないように、毛布の下に冷たいが乾いた布を押しこんでおむつを替え、また甘みのあるパンをガーゼに包んで乳首を作ると、職場へと急いだ。

それでも遅刻した。その代わりヤドビガはもういなかった。マリテは何も聞かなかった。テクレは「おはよう」と言うと、同情してため息をついた。グラジーナはお腹を空かせた子どもたちにミルク瓶を持って行く時、手が震えた。だれもいないアパートでの哀れな泣き声が聞こえた。

マリテがそばにいなくなった時、グラジーナは耐え切れずにテクレに赤ん坊を渡せなかったと話した。通り過ぎていく女性たちは受け取らず、一人には「どうして返すの、殺させるために？」とまで言われたと説明をした。護送兵にユダヤ人と間違われて、一緒にゲットーに連れて行かれそうになり、後ろから撃たれるのではないかと恐れながら、やっと逃げたことも。

テクレは聞きながら、あんたも、赤ん坊も無事で逃げられたのは神さまのおかげよと言って十字を切った。つまり、赤ん坊に生きていなさい、というのが神さまのご意志のようね。だけど、アパートに一人でおくとお腹を空かせたり、おむつが濡れたり、泣きすぎてひきつけを起こしたりしたら大変。気分が悪いから早退させてと、マリテに言いなさいよとすすめた。

マリテは、

「大丈夫よ、あんたのグループの子どもたちの面倒を見るから」と言ってくれた。そして、熱を測るようにと勧め、さらに、明日もよくならなかったら、もう一日休んでもいいと言った。

「でも、ユダヤの子を返すように言われたことは怒らないのよ。感謝してもいいくらいよ。どうしようもないのよ、あの人たちの運命だから。私たちまで絞首刑にする権利はだれにもないわ」

この《絞首刑にする》と聞くと気持ちが悪くなった。仮病を装うつもりはなかったが、実際に気分が悪くなった。

グラジーナがマリテと一緒に子どもたちの部屋にいる間に、テクレがミルク瓶二本をグラジーナのかばんに入れて、見送りながらささやいた。

「夕方、仕事の帰りに寄って、あなたたちを私たちのところに引き取るわ。お隣さんがヤギを飼っているから、その乳を飲ませましょう。ステパノスはいい人だから、駄目とは言わないわ。そして、日曜日に、洗礼に連れて行きましょう」

赤ん坊の母親が嫌がるだろうと言いたかったが、黙っていた。

「キリスト教の神さまが守ってくれるわ」

マリテもテクレも疑われないように、二人は四日間、テクレの家から別々に仕事にでかけた。そして、夕方には家で洗礼の準備をした。

ステパノスがこの子の名前をすぐに決めてくれた。なかなか思いつかなかったのに、赤ん坊を連れて行き、テクレが「この子が孤児院の、グラジーナの拾いっ子よ。日曜日に洗礼に連れて行きましょう」と言うと、ステパノスは赤ん坊に屈みこみ、即座に、「おいどうだ、ビンツーカス、仲良くしようぜ」と言ったのだった。

これで、赤ん坊の名前はビンツーカスになった。新しいクッションカバーでシャツを縫い、おむつカバーとおむつはテクレのペチコートを切って作った。でも頭巾はなかなか手間取った。何回も型紙を小さくしたが、それでも大きすぎた。

やっと、全部が揃《そろ》った。テクレが、肉はないが形だけは本物みたいなツェペリンを作ろうと言い、夕方のうちにジャガイモの皮をむいておくことにした。教会から帰ったら、煮て、すりつぶすだけでいい。

日曜日が近づくにつれて、グラジーナは神父に勘づかれるのではないかという不安が強まった……。どうして、両親がいないのかと聞かれるかもしれない。

でも、聞かれなかった。

II

カトリック教会の聖堂から出て、通りを歩きだしたとき、グラジーナはびっくりした。向こうからやってくるのは……。そう、ユルギスだった！　ドイツ軍の制服を着ている。戻れないし、脇に曲がるところはなかった。そのまま近づいて行った。

向こうも気がついた。でも、驚いてはいなかった。ユルギスは……うろたえていた。もしかして、あの夜を思い出して、心配になったのかもしれない。

帽子のつばに手を上げようとした。明らかに、敬礼をしただけで通り過ぎようとしている。でも、グラジーナは自分でも意外なことに立ち止まると、

「あら、ユルギス、こんにちは」

と言った。でも、すぐに後悔した。

「やあ」

ユルギスは明らかに不満そうに答えたが、それでも、立ち止まった。

「イエス・キリストが祝福して下さいますように」

テクレがあいさつをした。

「永遠に祝福を、アーメン」

と、もっと不満そうに早口で、ユルギスが言った。

「今、赤ちゃんに洗礼を受けたのさ」

ステパノスが権力の手先のお偉いさんの前で自慢をした。

ステパノスがもっと何かを話すのではないかと、グラジーナはあわてて聞いた。

「ご両親は帰って来られたの？」

「いや。前線はまだシベリアまで到達していない」

赤ん坊が泣きだし、グラジーナがなだめるように撫でた。

「君にお祝いを言っていいのかい？　結婚したの？」

「いいえ！　でも、この子は私の子よ！」

　グラジーナはドイツの軍服を着たユルギスから赤ん坊を守るように、言い放った。

「そうか、それは結構」

　ユルギスに自信と横柄さが戻った。彼は自分が偉ぶるのを悪いとは思っていない。

「もしかして、なにかして欲しいことあるかい？　この間は、君が僕を救ってくれた。今なら、僕が君の役に立てる」

　グラジーナは、少しでも早く去ってもらいたかった。

「ありがとう、なにもいらないわ」

　でも、ユルギスは自分がなんでもできることを、どうしても自慢したかったらしい。

「別のアパートに引っ越すというのは？　君の家はたった一部屋で、みすぼらしいじゃないか」

「せっかくだけど、結構よ、ありがとう」

ステパノスがまた口を挟んだ。

「それは、とてもありがたいことですね。もし、そうして下さるのなら」

と言った。

「できますよ。ご存知《ぞんじ》でしょうが、ユダヤ人の住んでいたアパートがたくさん空いていています。僕らの同級生のボリカ・リフシツァ、赤毛のソニ、ツィポーラ・ブリクマナイテの家も。そうだ、君はツィポーラと仲が良かったね？」

「ええ、仲がよかったわ」

「じゃあ、彼女のアパートはどうだい？」

「と……とんでもないわ……、結構よ」

「それにゲットーから乳母も派遣できるよ。三日待てばね。僕は今、別の仕事をしているから。寄ってくれ。イオガイロス通り二十一番地の二階の五号室だ」

そう言うと、ユルギスは、敬礼をして、先へと歩きだした。

「ありがとうございます！　ほんとうに、ご親切に！」

立ち去るユルギスに、テクレとステパノスがお礼を言った。グラジーナは彼の勧めに呆然として、黙っていた……。三人はまた、歩きだした。

ユダヤ人のアパートなどいらない。そこで暮らしていた人たちが、狭いゲットーで窮屈に暮らしているというのに……。そんなことできない、できない！　他人のものなんて何もいらない！　テクレとステパノスがこの話を忘れてくれればいい。

二人は実際に忘れているようだった。帰り道では話し始めなかった。家に入ると、テクレは早速家事に取りかかり、レンジを焚きつけ、ツェペリンをつくり始めた。ステパノスは赤ん坊のためのミルクを取りに行き、薪《まき》を持ってきて、乾かすためにストーブの後ろに積んだ。洗礼式の感動に浸ったまま、黙って食事をした。赤ん坊は古い洗濯籠の中で眠っていた。その後、テクレがテーブルを片づけ、食器を洗いはじめた時になって、ステパノスが話し出した。

「ビンツーカスがぼくらの足手まといになるからだ、なんて考えるなよ。それに、君も……。家に大勢いるとなんだか楽しいよ。隣の家には、君がドイツ軍に焼かれた村からきたぼくらの姪《めい》だと言っておいた。でも、もし君の知り合いの将校が、奴らの制服を着ていたとはいえ、リトアニア人なら……」

「同級生よ」

グラジーナは慌てて説明した。

ステパノスは続けて、

「あの人が町のいいアパートをくれるんだから、それがだれのアパートであろうと、君が取り上げるわけではない。だって、だれも住んでいないって言っていたじゃないか。ゲットーにいる人たちはどうせ帰ってはこないし」

グラジーナは黙っていた。ステパノスは、赤ん坊が足手まといにならないと言っているが、やはり窮屈なのだ。もし、自分の家に戻れば、赤ん坊は一日中一人になる。ミルクも飲めず、おむつもそのまま。でも、ユルギスのところに行くのは……。いやだ、……嫌だ。

ステパノスがまた、話し始めた。

「みなしごを預かるのは神聖なことだ、だからぼくはビンツーカスや君を心から応援する。でも、ぼくは君の幸せのためにも、あの人のところに行くように勧める。赤ん坊には自分の家ができ、自分のベッドができるのだから」

と、彼は洗濯籠の方を頭で示した。

「だから、考えて」

グラジーナは考えていた。テクレとステパノスはもうずっと前から眠っていた。赤ん坊もこの取っ手の取れた古い籠の中で眠っていた。でもグラジーナはステパノスの言葉のために眠れなかった。ステパノスは、赤ん坊には自分の家や本物のベッドがあったほうがいいと言っていた……。ピンツーカスにとっては本当に自分の家なのだ！　ツィポーラとツィポーラの両親と弟のゲルシェレが住んでいた家は、赤ん坊の家でもあるのだ。もしかしたら、ツィポーラの部屋には子ども用のベッドもあるかもしれない。

でも、ユルギスのところへ行くのは……。それに、なぜ自分が行けないかを話すこともできない……。

グラジーナはテクレがベンチに敷いてくれたマットレスから起きあがり、毛布にくるまって、十字架の前に跪《ひざまず》き、神さまにお祈りを始めた。

「どうして寝ないの？」

ステパノスがベッドから起きあがり、部屋の外に出て行った。

戻ってきたとき、グラジーナは、説明しようとした。

「私、……あの……将校のところに行けないの」

「いいさ、お休み。朝、話をしよう」

でも、朝、テクレと仕事に出かける準備をしているときも、ステパノスは黙っていた。

一日中、グラジーナは考えていた。どうしようか？　もしユルギスがツィポーラの家に二人を引っ越しさせてくれれば、赤ん坊には自分の家ができて、自分のベッドで寝ることができる。でも、ユルギスのところに出かけるのは……。出会ったとたんにうろたえたユルギスが約束してしまったけど、あとで考えなおして、日数を数えているかも知れない……。ツィポーラは赤ん坊を七か月で生んだと言っていた。それでも、やっぱり……。

　グラジーナは懸命に平静を装ったが、マリテには、普通じゃないと気づかれてしまった。

「あの子を返して、まだくよくよしているの？　その代わり、あんたが生きているのよ。それに私たちも」

　ちがう。赤ん坊をゲットーに返さなくてよかった。それに、幸いなことにテクレとステパノスが助けてくれている。ユルギスに結婚したのかと聞かれた時、うろたえて自分の子だと言ってしまった。でも今ではもう本当に自分の子だ。それにツィポーラが戻ってきたら、一緒に、あの部屋であの子を育てよう。

　夕方、テクレと仕事から帰ってから、ステパノスが家のことを話し出すのを、恐れながらも待っていた。

　ステパノスが話し出した。赤ん坊が玄関に置かれていた最初の日に、ヤドビガにユダヤの子だからゲットーに返せと言われたことを、テクレが話したようだった。グラジーナが返さなかったのを知って、ステパノスが自分たちの家で育てよう、この子に洗礼を受けさせようと言いだしたのだと言った。二人の善意に感謝しながら、グラジーナは、赤ん坊が偶然な捨て子ではなくて、同級生の子で、彼女がこっそりやってきて、助けてくれるように頼まれたのだと、白状した。

「それじゃ、ビンツーカスの家がどこか、知っているのか」

と、ステパノスが聞いた。

「知ってるわ……」

「ということはつまりビンツーカスの洗礼のあとで、神さまはあの紳士を遣わされたということだ」

ステパノスは話を先延ばしにしてはいけないと、グラジーナを説得し始めた。あの人はいい人らしい、いい家を、それに乳母も手配すると言った。あんなに小さい子には薪仕事をしている男のざらざらの手ではなく、女性の手が必要だ。出かけて、この子の母親の家を頼んで来なければならないと。

グラジーナは黙っていた。するとテクレが遠慮がちにステパノスに言った。

「あんたが行ってくれる？　家の住所をグラジーナに聞いて。グラジーナは子どもがいて来られないからと、説明して。それとも、病気だとかなんだとか。こんな嘘《うそ》なら、神さまもお許しになるわ」

「君たち女性はとってもきゃしゃに創られているんだね。どうやら、アダム*の肋《ろっ》骨《こつ》が弱かったようだ。いいよ、僕が行ってこよう」

＊アダムの肋骨
旧約聖書では、イヴ（女性）はアダム（男性）の肋骨から作られたとされる

12

ステパノスはとても満足して帰ってきた。ユルギスは、礼儀正しくて思いやりのある人だと褒《ほ》めた。

（グラジーナは、きっと、あの人は私が行かなくてほっとしただろうと、思った。赤ん坊を連れた私に出会って、驚いていたのだから）

少し待つようにと言って、どこかへ行き、グラジーナ・ジェムグーリテにこれこれしかじかの住所のアパートを使用することを許可すると書かれた許可書を持ってきた。ゲットーから乳母を派遣する約束も自分から思い出して、ユダヤ女性が一人で仕事に出かけて、アーリア人の家に入る許可の正式な手続きができるのは何日か後になると言っていた。ユダヤ人には禁じられていることだそうだ。ユダヤ人は、みんな一緒に隊列を組んで仕事場に出かけ、揃ってゲットーに戻って来なくてはならないし、数に厳しい。臨時の許可証は、煙突掃除人のように一人で仕事をする人たちのためにだけつくられており、今回は例外で、とてもまれなケースだと。

数日後、約束された乳母がやってくる日を待って、三人はツィポーラの家に出かけた。グラジーナがアパートに引っ越す許可書を管理人に提示して、封印をはがして、中に入った。

敷居をまたいで食堂に入った瞬間、グラジーナにはだれの家だかわからなかった。戸棚のドアは開いたまま、引き出しは引き出され、テーブルクロス、ナフキン、ナイフとフォーク、スプーンなどが全部床に散らかっていた。それにとても寒かった。冬じゅうアパートは暖房していない。ツィポーラの部屋もすっかり変わっていた。洋服ダンスは開けられ、中のハンガーにぶら下がっているツィポーラのワンピースが、まるで自分の孤独に不平を訴えているようだった。ソファーのカバーはなかった。朝早く追いだされたのでかける時間がなかったのか、それとも、それどころではなかったのかも知れない……。グラジーナはつらくてツィポーラの両親の寝室には入れなかった。赤ん坊をツィポーラの毛布に包み、ソファーに斜めに寝かせて、食堂にいるテクレの手伝いを始めた。床に散らばっているものを拾って、元の場所に納めなければならない。ステパノスはもぎ取られた鍵を食器棚の戸にはめこもうと苦心している。

「奴らがやったんだな」

ステパノスがため息をついた。

「金を探していたらしい」

「お金なんか持っていなかったわ……」

グラジーナは、ツィポーラが家で肘《ひじ》につぎあてをした古いワンピースを着ていたのを思い出した。

床に何もなくなり、部屋が片づいたと思ったら、四つの椅子が目に飛び込んできた。グラジーナが訪ねた時、壁際に並べてあった椅子だ。ツィポーラの両親と幼いゲルシェレが、それぞれ自分の荷物を抱えて腰掛けていた。でも今は、だれも腰掛けていないので、椅子がむき出しだった。

「こんな部屋で暮らすことはできない……」

テクレとステパノスが帰り仕度をしている時、グラジーナがこう言った。

ステパノスがなだめた。

「慣れるよ。赤ん坊にはこの家が必要だ」

それはわかっている。それに二人に迷惑をかけたくない。

一人で残り、持ってきたミルクを温めに台所に行った。やっとのことで、棚から他人の家の鍋を取った。マッチを探すためにこわごわと引き出しを開けた。それにここのコンロはグラジーナの家のよりも大きかった。手が言うことを聞かずに、なかなか火をつけられなかった。

赤ん坊にミルクを飲ませて、コートで包み、ソファーの端に寝かせた。

眠くならなかった。他人の家で暮らさなければならないことを考えていた。朝になればきっと、手伝いの女性が来るだろう。でも、来なかったら？　明日は仕事に行かなければならないのに、赤ん坊をまる一日一人にしておくわけにはいかないから、テクレの家に戻らなくてはならない。ただ、ユルギスが自分で女性を連れて来ようなんてことを考えなければいいけど……。そんなことない。連れて来ない。あの人はもう偉い管理職なんだ。

ドアの呼び鈴で目が覚めた。考えながらウトウトしていたらしく、夢と現実が奇妙に入り混じっていた。もう、朝？

コートに黄色い星をつけた年配の女性が、玄関におずおずと入ってきた。

「こんにちは、奥さま」

グラジーナはママと同年代くらいの女性に奥さまと呼ばれて、まごついた。

「私に仕事をくださってありがとうございます。私たちは働かなくてはいけないのです」

「分かっているわ」

でも、何も分かっていなかった。

「リバといいます。子どもの世話ができます。私にはいました……子どもたちも、孫たちも……」

と震える声で言った。

「ありがとう」

この《いました》でうろたえ、なぜかお礼を言ってしまった。

「で、神さまがこの坊やを百二十歳まで生かしてくださいますように」

「この子はまだ……。まだ、小さいの」

と、急いで台所にミルクを置いてあると伝え、あなたには何も用意しておかなかったと謝った。もう少しで、仕事の帰りに《家》からジャガイモを持ってくるわと言いそうだった。

13

次の日の夕方、ドアの呼び鈴が鳴った時、グラジーナも驚いたが、それよりもずっとリバの方が驚いた。

「もし、私にだったら、私が《労働委員会》から派遣されたのだと証明してください。これが《労働委員会》の身分証明書です」

と、紙切れを差し出した。

グラジーナがドアを開けた。庭番が立っていた。一人だ。古いベルトで束ねた薪を持っていた。

驚いて、突っ立ったままあいさつもしなかった。庭番は勝手に中に入り、台所に行き、ベルトをほどいて、ストーブに薪を放り込んだ。

「きっと、凍えていたでしょう。子どもさんが小さいのに。ほら、薪を持って来ました」

「ありがとう！　ほんとうにありがとうございます！」

「うん……。わしはあの……。安くしておきますよ。前に住んでいた人たちは、そのう……、夏に連行されたから。冬用のものは何も持って行かなかったんだろう。ここのご主人は……背丈がわしと同じくらいだったけど……もうコートを取りに来ないだろう。それで、考えたんですけど……。赤ん坊がいるのに薪がない、温かくない家だと……。病気にならないように。わしはあのう……。このくらいの薪束をあと三回持ってきますよ、四回かな、子どもがかわいそうだから」

「でも、コートは私のではないわ」

「その代わり、子どもを助けますよ。すぐに、火をつけましょう」

「ありがとう。自分でするわ」

庭番はまだぐずぐずしていた。なぜか、放り出した薪を一本一本、きちんと積んだ。

「では、わしは帰りますね……」

庭番は玄関に行き、コート掛けからコートを取り、袖から垂れ下がっていた襟巻を深く押しこむと、出て行った。

グラジーナは突っ立ったまま、ほとんど何もないコート掛けを見ていた。ツィポーラのママのらしい女性用のコートがかかっているだけだ。で、庭番は今度は、妻のためにと言って、あれを取りに来るかもしれない。

「すみません、わたし、帰ります」

リバがグラジーナを現実に戻した。

「遅くなるのは禁止されていますので……」

「そう、そうね、帰って」

「お休みなさい、私が出たら、鍵を閉めてください」

「わかったわ。ありがとう。また、明日」

「もし、夜に手入れがなかったら……」

リバを見送って、台所に戻った。きちんと積まれた薪をじっと見ていた。ストーブを燃やさなくては、と独り呟《つぶや》いて薪のそばを通ってツィポーラの部屋に行った。そこに赤ん坊がいる。

グラジーナが自分のことを心配しているのがわかったように、赤ん坊が泣きだした。抱いて、しばらくゆすってやると、また、寝入った。抱いたまま部屋を歩きまわり、あいているドアのそばを通るたびに、玄関のまばらなコート掛けを見た。

庭番はもっと薪を持ってくると約束した。最初にあそこの薪を全部燃やそう。そのあと、倹約して、少しでも長持ちさせるために束の半分を燃やそう……。きっと、あの人はこの女性用のコートも取りに来るだろう。その時はもっと薪をくれるように頼もう。でも、肝心なことは、あのリバおばさんに、ツィポーラを探して、コートのことだけではなく、赤ん坊がここにいるから安心してと、伝えるように頼まなければならない。

でも、もしも……。こう考えて、一瞬息が詰まった。もしもツィポーラが《労働委員会》に行って、ここの乳母にしてくれるように頼めたらいい、そうすれば自分の赤ん坊といられるではないか。

朝、急いで仕事場に出かけなくてはならなかったので、リバにこのことを話し出せなかった。でも、テクレには話した。コートのことも話した。夕方が待ち遠しかった。どう話せばいいかを考えた。大切なのは、自分たちがだれの家にいるか、どうしたらリバにわかってもらえるか、どう説明したらいいだろうか。もしかして、事実を話さなければならないかもしれない？　だめだ、赤ん坊を返そうとしたことは黙っていよう。洗礼のこともしばらくは話さない。後になって、いつか、わかるまで。

ツィポーラを探してという頼みを聞いたリバがこんなに驚くとは、思ってもみなかった。とにかく、リバはすごく驚いて、声が震えていた。

「私に不満なのですか？　もっと何をすべきか、おっしゃって下さい。なんでもやります！」

「そうじゃないの」

グラジーナはどう説明していいかわからなかった。それで、動転して、繰り返した。

「そうじゃないんです」

「もし、暇を出されたら……。つまり、私は役に立たないということで……。役に立たない人たちは……、あの、森のことを知りませんか?」

グラジーナは、テクレから聞いて知っていると言おうとしたが、話を遮《さえぎ》れなかった。

「私を辞めさせないでください。お願いです!」

手も震えていた。

ほんとうのことを言わなければならなかった。赤ん坊が自分の家にいることを赤ん坊の母親に伝えてほしいのだと。とても大切なことだからと。赤ん坊は元気だと言うこと。それに、ミルクは孤児院から持ってきているということ。この罪は神さまがお許しになっているということを。

リバはわっと泣き出した。今度はうれしいからだと、説明した。

「きっと神さまはグラジーナさんにご褒美を下さるでしょう。母親を見つけ出して、安心させます。このユダヤの子が生きのびてくれたら、どんなに幸せでしょう！」

グラジーナは、次の日からリバが朝やってきてツィポーラを見つけたと話すのを待ち焦がれていた。でも、リバは何もいわなかった。まだあまり経《た》っていないからだろうとか、狭い所にすごく大勢の人がいるので探すのがたいへんだからだろうとか、一生懸命に自分を宥《なだ》めた。その上、リバが帰るのは夜だから、向こうもきっと外出禁止の時間だろう。そう思って、次の朝を待つのだった。

あるとき、リバの挨拶がなんとなく変で、明らかに視線を合わすのを避けているのに、気がついた。もしかして、まだツィポーラを探せないからかもしれない。大勢の家族がいるから、沢山のアパートを探すのはたいへんなことだろう。

でも、五日目、グラジーナが仕事から帰ると、リバが泣きながらユダヤの子守唄で赤ん坊を寝かしつけていた。それを見て、聞くことにした。するとリバは泣きながら話した。

「この子はみなしごです、全くのみなしごです」

グラジーナは危うく叫び声をあげそうになったが、こらえた。茫然としていた。

リバはとぎれとぎれの声で、話し続けた。

「あの人たちのお隣さんが話してくれたのですが、子どもの手入れがあったそうです。ドイツ帝国にとって、子どもは特別に役に立たないものなんです……。トラックではもう大勢の子どもたちが泣き叫んでいました。兵士が、トラックに投げいれようとあの家の男の子を捕まえた。父親がその兵士の手から男の子を取りかえそうとして、別の兵士に頭をぶち抜かれた。それで抵抗した罰として、母親や姉さんも連行されたそうです」

と言いながら、涙を手のひらで拭いた。

「だから、今はあなたがお母さんの替わりです」

あなたがお母さんの替わり……。

リバは間もなく帰ったが、この言葉は部屋に残っていた。こだまのように繰り返し響いていた。

あの人たちはもういない。ツィポーラ、両親、それに小さなゲルシェレ。赤ん坊は孤児だ。でも、生きている！　あのとき、息子を助けてと頼みながら、ツィポーラは「せめて、あの子だけでも生きさせて」と言っていた。

この部屋の静寂さの中に、ツィポーラの《穴に追い立てられる時、私は最後の瞬間まで、あなたがオシックを助けてくれると信じているわ》という言葉が蘇ってきた。

グラジーナには見えたような気がした。ドイツ兵にツィポーラ、両親、小さなゲルシェレが銃床で穴に追い立てられ、銃で撃たれ、下に落ちて行くのが……。

グラジーナは台所に走っていき、なぜかコップを摑むと水を飲みはじめた。でも、手が震えて、水がこぼれ、歯がコップの縁に当たってがちがち鳴った。

中庭で声がした。もしかして、赤ん坊を捕まえにきた？　部屋に走り込んだ。だれもいなかった。階段にもだれもいなかった。入口の戸は閉まっていた。

赤ん坊の泣き声がした。まだふるえている手でおむつを取り替えた。でも、まだ泣いている。そして、足をおかしな具合に上げていた。お腹が痛いみたいだ。

マッサージをしたり、撫でても、ほんの少し泣きやむだけで、また泣きだした。

抱いていても赤ん坊は一晩中眠らなかった。朝になって、リバが来るのをじりじりしながら待っていた。リバならどうしたらいいのかわかるだろう。孤児院には病気の子どもたちをみに修道女がやってくる。でも、ここには……。リバは、《子どもも、孫もいました》と言っていた。《いました》がどういう意味なのか、今ならわかる。しっかりと赤ん坊を抱いた。この子を、守ってやる、守ってやる!

仕事にはもうすこしで遅れてしまいそうだった。部屋に入った途端にマリテに驚かされた。

「あんたはどうしたの、なぜ家にいないの?」

「どうして、……私がいないって?」

落ち着いて聞こうとしたが、変な声になっていた。

「だって、もう二度もあんたの家に行ったのに、いないんだもの」

「もしかして……眠っていて、ベルが聞こえなかったのかも。私、すごく早く寝ないの」

グラジーナは、馬鹿らしいいいわけだとわかっていたが、それでも話し続けた。

「寒くて、頭から毛布に包《くる》まって寝るから」

「ごまかさないでよ。私にならほんとうのことを話せるでしょ。友だちじゃないの」

「グラジーナはよくうちに泊まるのよ」

と、あわててテクレが助け船を出した。

「アパートには何も燃やすものがないから」

「まあ、私のイオヌカスが泣いている！」

グラジーナはだれかの泣き声を聞きつけると、子どもたちの部屋へと逃げた。泣いていたのはイオヌカスではなかったが、泣いている子のおむつを替えると、ほかのベッドに近寄り、毛布をかけ直したり、必要もないのにゆすってやったりした。ここから出ない方がいい。戻ると、マリテがまたなぜ家にいないのかと聞き出そうとするだろう。

グラジーナは、明日が、自分の名の日*だと言うことをすっかり忘れていた。だがマリテは忘れていなかった。昼間、マリテは仕事場ではお祝いを言わなかった。でも夕方、テクレが仕事から帰りボルシチを温め、ステパノスと食事をはじめようとした時、ドアがノックされた。

マリテだった。お祝いを言ってから

「どうしたの、まだ名の日の人はいないの?」

と、聞いた。

ステパノスとテクレは黙っていた。

「プレゼントを持ってきたのよ、ほら」

マリテはミトンを置いた。

「私が編んだの」

二人はそれぞれ自分の皿を見つめていて、黙っていた。

「よかったら、ボルシチを少し食べないか?」

*自分の名の日　洗礼名となっている聖者の祝日を、自分の誕生日のように祝う習慣

ステパノスが目を上げないまま、聞いた。

テクレが急いで、夫を助けた。

「自家製の赤カブで作ったの、ここの、家の裏の、畑で取ったのよ」

「ありがとう。グラジーナを待つわ、そうしたら一緒に」

「グラジーナは来ないよ」

ステパノスが渋い顔で言った。

テクレもまたあわてて説明した。

「来られないわ」

マリテが口ごもって、「もしかして……。もしかしてだれかと結婚したということ?」と聞いた。

「とんでもないわ! でも……」

後でステパノスは、全てを話すべきだったとテクレを非難したのだったが、

「そうだ、結婚したのさ。するつもりだろう。でも、懺悔《ざんげ》で神父さんに嘘をついたと告白したらいい。やっぱりほんとうのことをぶちまける方が、いちばんいい

い」と言い、赤ん坊が洗礼を受けたこと、立派な紳士に出会ったことを二度繰り返した。

「ドイツ兵の制服を着ていたが、まさしくリトアニア人だ。礼儀正しくて、いい人らしい。グラジーナにいいアパートを手配しようと言った。グラジーナは同級生だと言っていたよ」

と言った。

「ユルギス？」

「名前はいわなかった。その人が、家のことで、仕事場のイオガイロス通り二十一番地に立ち寄るようにと、言った。そこで僕が出かけて行ったのさ、グラジーナは一日中孤児院だからね」

グラジーナがユダヤの子を返さなかったということで、マリテはどうしても落ち着くことができなかった。

「まさか、これでどんな危険に陥るか、わかっていないのかしら？」

「だって、子どもに洗礼を受けさせたわ」

テクレは一生懸命に弁護した。

「ドイツ兵には同じことよ、洗礼を受けていようが、受けていまいが。かれらにとって肝心なのはユダヤ人だと言うことだけ。ユダヤ人を匿《かくま》った人には、ただ一つの罰、絞首刑があるのみよ」

そう言って立ち上がった。

「帰るわ」

「怒らないでね。神さまがいつくしんで下さる。洗礼を受けたんですもの。神の恵みは救うことですもの」

マリテは帰ったが、二人はすわったまま不機嫌に黙っていた。

やっと、ステパノスが十字を切って、スプーンを持った。

「あの娘は好きじゃないな」

「マリテは友だちですもの。悪いようにはしないわ」

「アーメン」

ステパノスはボルシチを食べ始めた。

14

テクレはグラジーナにマリテが来たことを話さなかった。そして、マリテも黙っていた。いつものような毎日が続いた。

だが、三日か四日が過ぎたある夕方、テクレとステパノスがもう寝ようとしているときに、窓が叩かれた。

グラジーナだった。息を切らしながら、外出禁止時間までに来ようと走ってきたらしかった。泣き腫らして、入ってくると、やっとのことで話し出した。

「連れて行かれてしまったの……。赤ん坊とゲットーから来ていたリバおばさんが。庭番が、兵士が二人やってきたと言っていたわ。将校と一緒だったって。リトアニア人なのに、ドイツ軍の制服を着ていたって……」

そう言って、メモを二人に渡した。ステパノスは眼鏡をかけて、読んだ。

《「共産主義」の時代に君は僕の力になってくれた。

今度は僕が君の命を救う》

15

……森で、グラジーナは、いつものように、他よりも草がびっしりと生えている穴の縁に、長い間立っていた。なぜか、ツィポーラや母親や小さなゲルシェレが撃たれたのはここのような気がしている。それから森をゆっくりと歩いて、一つひとつの穴の辺りをよく見た。もしかして、あの赤ん坊が投げ捨てられたのはここかもしれない？ と。

夕闇が迫ると、グラジーナは道に出た。犯罪行為の無言の目撃者たちを薄暗くなった森に残して。

そして、いつも夫を亡くしたテクレを訪れた。

でも、朝には、いつものように自分の子どもたちのところへと急ぐのだった。

訳者解題

リトアニアは一四、五世紀には東ヨーロッパの強国だったが、その後、たびたび大国に領土を分割され、支配勢力が変わった。一九一七年、ロシアの十月社会主義革命の指導者レーニンによる民族自決権擁護の外交政策の影響を受け、ドイツ支配下で独立を宣言したが、ドイツ軍の降伏、撤退後にはソヴィエト政権下に、その後はまた、ソ連と講和条約や不可侵条約を結びながらも独立国家としての体裁を保っていた。

ところが、一九三九年、ドイツがポーランドへの攻撃を開始して第二次世界大戦がはじまるとすぐに、ソ連政府はリトアニアに特別使節を送り込み、「共産主義イデオロギー」の定着、宗教の撲滅、植民地化を目指して議会を解散させ、翌年には「リトアニア・ソビエト社会主義共和国」として、ソ連軍二万人を駐留させた。戦後明らかになったことだが、この暴挙は、一九三九年にソ連の指導者スターリンとナチス・ドイツの総統ヒトラーが結んだ独ソ不可侵条約の「秘密議定書」で定めたことだった。名士やソ連化に反対するリトアニア人をつぎつぎに弾圧し、シベリアに追放して、「リトアニア人なしのリトアニアがやがて存在するであろう」と豪語したソ連の責任者もいたというほどの「恐怖政治」だったという。『消される運命』の登場人物ユルギスの両親がシベリア送りにされたのは、一九四一年六月一三日の夜半から一四日未明にかけて行われた《大シベリア追放》計画だったたと思われる。

その後まもなく六月二二日に、突然ナチス・ドイツ軍が侵攻して、ソ連軍が撤退すると、リトアニアはナチス・ドイツの支配下となり、こんどは「ユダヤ人絶滅」の恐怖政治が始まった。本作第1章で、主人公グラジーナがユルギスを匿っていたまさにその間に、この政変がおこっていたという訳である。

ソ連支配下の恐怖政治から逃れられると、ナチス・ドイツ軍の侵攻を歓迎したリトアニア人も多く、また、ナチス・ドイツによる占領政策の基本である《ユダヤ人と現地の住民との分裂を図るための宣伝》の影響を受けて、「ユダヤ人絶滅」が少なくないリトアニア人の手によって実行された。ドイツ占領前に約二三万人在住していたユダヤ人のうち、一九四一年末までに約一七万五千人が殺害されたといわれる。

ナチス・ドイツ軍が、全ヨーロッパのユダヤ人絶滅計画の実行を決めてガス室を作り始めたのが一九四二年だが、それ以前に、リトアニアのユダヤ人はほとんどが殺されていたことになる。リトアニアは、ナチス・ドイツ軍がユダヤ人絶滅計画を実行した最初の国となった。ソ連による国民の計画的絶滅政策と、ナチス・ドイツによるユダヤ人撲滅という凄惨な計画の犠牲となった国だといえる。

ドイツの支配から解放された第二次世界大戦終了後、リトアニアはソ連の一共和国のまま、「共産主義」体制下、モスクワの指令により動いてきた。しかし、一九九一年、ソ連邦国家は崩壊し、リトアニアは完全に独立した。

リトアニアでのユダヤ人虐殺

一九四一年六月二二日にリトアニアに侵攻したドイツ軍は、直ちにリトアニア人の協力を得て、ユダヤ人を組織的に殺害し始めた。初めは町のいたるところで《男狩り》を行い、「収容所に送って、労働に従事させる」と言いながら、直ちに近くの森などに連行して銃殺した。『消される運命』に登場するテクレ夫妻の家の近くの森は、首都ヴィリニュスから九キロほどのところのパネリアイの森だと思われるが、ソ連軍が掘った石油貯蔵のための直径二二メートル、深さ三五メートルの五つの穴を、ナチス・ドイツ軍はそのまま銃殺の場にした。しかも、敗色が濃くなると、ナチス・ドイツ軍の残酷な証拠を残してはならぬという命令で、埋めた死体を全部掘り起こして焼却した。現在はメモリアルとなっているが、在住のユダヤ人がほとんどいないリトアニアでは、訪れる人もいない。入り口には《パネリアイの森で、一九四一年七月～一九四四年七月までにヒトラーの占領軍と地元の共犯者は一〇万人のユダヤ人らを銃殺し、埋めて隠した。そして、一九四三年一二月から銃殺した死体を掘り起こして焼いた》と、四か国語で書かれている。

作者・マーシャさんについて

作者マーシャ・ロリニカイテさんは、一九二七年リトアニアで生まれ、一三歳から一七歳までの四年間、ユダヤ人だからという理由だけでゲットー（ユダヤ人隔離住居区）に収容され、その後強制収容所で過酷な労働を強いられた。何回も

「死への選別」を逃れ、何回も死にそうになるまで痛めつけられながら、生還した。この間のことをありのままに記録することを自分に課して、信念として記録し続けたのが「私は語らなければならない」（邦題『マーシャの日記――ホロコーストを生きのびた少女』）であり、一八か国語に翻訳出版されている。

生還後、夜間学校を経てモスクワ文学通信大学を卒業してから、はじめはユダヤ語（イデッシュ語）で、次はリトアニア語で、そして、一九六四年にソ連（現ロシア連邦）のレニングラード（現サンクトペテルブルク）に移ってからはロシア語で書いた。

『消される運命』は、ナチス・ドイツ軍によるユダヤ人絶滅作戦が実行されている時のリトアニア人の話だが、マーシャさんの作品のテーマは一貫してリトアニアのホロコーストである。生き残った者の責務として、生きて帰れなかった人たちの「無念さ」を代弁するために生涯語り、書き続け、二〇一六年に亡くなった。代表作に、「長い沈黙」「三つの出会い」「その後」などがある。

参考文献

『リトアニア　厳しい試練の年月』（ユオザス・ウルプシス著・村田陽一訳・新日本出版社）
『リトアニア　小国はいかに生き抜いたか』（畑中幸子著・日本放送出版協会）
『ロシアとユダヤ人　苦悩の歴史と現在』（高尾千津子著・東洋書店）
『同胞』の著者ルータ・ヴァナガイテとエフラム・ズーロフ氏の講演「リトアニアにおけるユダヤ・ジェノサイド」（２０１９年2月6日東京大学）
『ユダヤ人虐殺の森　リトアニアの少女マーシャの証言』（清水陽子著・群像社）

訳者あとがき

リトアニアは、バルト海沿岸にある森と湖の美しい国である。首都ヴィリニュスの町を出るとたちまち森になり、南西に九キロほど進むとパネリアイ・メモリアルがある。作者マーシャさんのママ、妹、弟たちをはじめ一〇万人もの人たちが虐殺された場所である。林の中にぽっかりと現れた広い空間のすり鉢状の底にブロックで縁取りされた大きな円形の草地があり、白い小さな花がびっしり咲いていた。

一回りして帰るとき、その花たちが一斉にさわさわと音を立てた。まるで、「忘れないで」「忘れないで」と訴えているようだった。『消される運命』を訳しているとき、いつも、この小さな花たちの声が聞こえていたような気がする。

生まれながらに「生存権」を否定される社会があったなどと、今の日本では信じがたいが、実際にあったことだ。そんな非人間的な社会にしないためには、そこに至るまでの過程を知って、繰り返さないようにしなくてはならない。

そう思いながら今の日本の政治を考えてみたら、過去の悲惨な戦争体験や、憲法を無視して突き進んでいるようで怖くなった。「生存権」が否定される社会になったら、大変!!

若い人たちに読んでもらいたいと一緒に考え、ご指導くださった編集の丹治京子さん、マーシャさんの作品を長年一緒に勉強している「ミーシカの会」の仲間たちに感謝します。

清水陽子

二〇一九年五月

マーシャ・ロリニカイテ
リトアニア出身のユダヤ人作家。1927～2016年。ホロコーストを生きのびた体験記録である『私は語らなければならない』(邦訳『マーシャの日記――ホロコーストを生きのびた少女』)、生還後のドキュメント『その後』の他、『三つの出会い』『長い沈黙』などの作品がある。生涯反ファシズムを訴え続けた。

清水陽子（しみずようこ）
早稲田大学文学部卒業。著書に『ユダヤ人虐殺の森――リトアニアの少女マーシャの証言』(群像社)、『シルクロードを行く』(東洋書店)、『女たちが究めたシルクロード』(共著、東洋書店)、訳書に『マーシャの日記――ホロコーストを生きのびた少女』(新日本出版社)、『長い沈黙』(未来社) 他がある。

消《け》される運命《うんめい》

2019年8月10日　初　版

著　者　マーシャ・ロリニカイテ
訳　者　清　水　陽　子
発行者　田　所　稔

郵便番号　151-0051　東京都渋谷区千駄ヶ谷4-25-6
発行所　株式会社　新日本出版社
電話　03（3423）8402（営業）
03（3423）9323（編集）
info@shinnihon-net.co.jp
www.shinnihon-net.co.jp
振替番号　00130-0-13681

印刷　光陽メディア　　製本　小泉製本

落丁・乱丁がありましたらおとりかえいたします。

ISBN978-4-406-06358-6 C0097　Printed in Japan